Teresas de Itapuã

Gabriela Coral

Teresas de Itapuã

Porto Alegre, 2021
1ª reimpressão

Libretos

© 2021, Gabriela Coral

Direitos da edição reservados à Libretos.
Permitida a reprodução somente se referida a fonte.

Edição e design gráfico
Clô Barcellos

Imagem da Capa
Tela de **Gildásio Jardim**, *Moça vestida de chita*
gildasio-35@hotmail.com

Revisão
Célio Klein

Grafia segue Acordo Ortográfico da Língua Portuguesa de 1990 adotado no Brasil em 2009.

*À Anami,
por ter acordado em mim
o amor ao próximo*

Dados Internacionais de Catalogação na Publicação
Bibliotecária **Daiane Schramm** – CRB 10/1881

C787t   Coral, Gabriela
Teresas de Itapuã. / Gabriela Coral. –
Porto Alegre: Libretos, 2021.
200p.;14cm x 21cm
ISBN 978-65-86264-31-9
1. Literatura Brasileira. 2. Romance. 3. Hospital colônia. 4. Itapuã. 5. Hanseníase. I. Título.

CDD 869

Índice para catálogo sistemático
1. Literatura Brasileira – 869
2. Romance – 869.3

Libretos
Rua Peri Machado, 222B/707
Bairro Menino Deus, Porto Alegre
CEP 90130-130

www.libretos.com.br
libretos@libretos.com.br
Instagram e Facebook @libretoseditora

SUMÁRIO

PARTE I   9

PARTE II   105

EPÍLOGO   187

PARTE
I

1

Porto Alegre, maio de 1951

Acordei assustada e quase não reconheci o pequeno quarto, a cômoda improvisada de uma caixa de madeira de onde vieram umas encomendas para o pai um pouco antes dele nos deixar involuntariamente. O armário montado com dedicação, apesar de simples, poderia ser confundido com qualquer outro à venda nas lojas da avenida principal; e a cama, esta sim comprada, após todo o esforço da mamãe, juntando economias depois que o pai se foi, para me livrar da herança da minha avó paterna – o lendário sofá com estampa de flores lilases. Identifiquei o quarto pelo cheiro de alfazema dos lençóis trocados na noite anterior, e aos poucos, a memória do sonho chegou de mansinho. No início em fragmentos, peças separadas de um quebra-cabeça.

A lembrança mais intensa era a do rosto de um homem. A pele lisa, os olhos acinzentados quase transparentes e os lábios bem delineados pareciam desenhados à mão. A

voz masculina em meus ouvidos era como uma carícia, ele tão perto, repetindo: "Quem é você? Quem você é?".
Estávamos em frente a um prédio cercado de árvores, um céu azul sem nuvens, e aquela voz entrecortada repetindo: "Quem é você? Quem você é?".
No sonho, me dividi. Em um primeiro momento, tinha quatro anos. Menina de feições delicadas, as mãos na cintura, posando para uma foto, o sorriso ingênuo e as pernas finas. Depois, me reconheci no dia em que o pai morreu. Pré-adolescente, vestia camisa bege com bolinhas vermelhas. Não reconheci as outras quatro Teresas. Vi uma mulher pálida, um lenço até a metade do rosto para esconder a falta de sobrancelhas; aflita, transmitia medo. Outra usava calça e camisa brancas, meu olhar era de compaixão. Estava inclinada sobre uma mulher esquálida e trocava um curativo em sua perna. Em seguida, eu era outra: em frente a um cavalete, com as faces artificialmente vermelhas, os lábios igualmente tingidos de laranja, uma mulher segura, pintando um quadro. E, finalmente, a última sustentava um olhar enigmático. Rodeada de várias pessoas, falava emocionada e gesticulava. Ao final do sonho, novamente surgiu aquele rosto moreno, seu sorriso, os olhos acinzentados e as palavras sussurradas: "Quem é você? Quem você é?".

Dormi de novo e acordei com uma sensação estranha. Sentada na cama, tentei decifrar o significado do sonho. Seis mulheres eu mesma. Uma premonição ou simples devaneio, imaginação?

Em minutos Matilde, minha mãe, entrou no quarto abrindo as janelas. O sol já clareava o dia. A realidade voltou à cena.

– Levante logo, Maria Teresa, precisamos ir à feira. O que houve? Nunca dorme tanto. Se em cinco minutos não estiver pronta, vou sozinha.

Falou rispidamente e saiu. Decidi me arrumar com pressa e obedecer, caso contrário, escutaria reclamações pelo resto do dia. Compramos comida para a semana inteira. Mamãe ia na frente escolhendo frutas e legumes e queixando-se dos preços, da falta de variedade, da minha lerdeza imediatamente atrás dela. Nossa convivência era difícil, mas não tinha forças para deixá-la. Em poucos dias faria dezoito anos, teoricamente poderia sair de casa. Há semanas pensava nisso, mas quando imaginava a cena de nossa despedida, ela sozinha em sua tristeza e sofrimento, parava de fantasiar. O humor de Matilde piorou depois de meu pai, Luciano, ter nos deixado, há quase seis anos. Já em casa, guardando as compras, lembrei daquele dia. O coração parou sem aviso prévio no meio de uma sessão de cinema. Mamãe o acudiu. Eu fui incapaz de ajudar. Permaneci sentada na poltrona, imóvel. Era como se um invisível líquido envolvesse meu corpo, impedindo os movimentos. Sua fisionomia rígida e inexpressiva ficou gravada em minha memória junto com outras cenas traumáticas de minha infância.

Depois daquele fato repentino me tornei distraída, e mamãe, com raiva de Deus, começou a envelhecer precocemente. Doou as roupas e os pertences do marido, tentando abrandar seu sofrimento. Luciano não foi o único homem a quem se uniu fisicamente, porém, dizia ter dificuldade em viver sem ele, que, apesar de rígido, esteve ao seu lado por muitos anos. A ambivalência e a intensidade do sentimento entre eles eram como cola, uma simbiose, impedindo-a de ser inteira.

* * *

No dia do meu décimo oitavo aniversário, acordei chateada. Abri os olhos reconhecendo a pobreza em meu quarto e pisquei com força, desejando estar em outro lugar. Sufoquei o choro. Eram cinco e meia da manhã, hora de sair da cama. Não era o horário que me entristecia; sempre gostei de avistar o sol dissipando a penumbra da noite. Momento mágico, o dia engolindo a noite, o silêncio, a brisa das primeiras horas, a energia de um dia intocado. O problema também não era o trabalho. Eu era cozinheira em uma cantina e gostava do emprego. Embora estivesse mais dispersa desde a morte do pai, nasci com facilidade para a concentração, minha disciplina e foco me transportavam para um outro mundo, onde os pensamentos não atrapalhavam. Meu incômodo era viver sem propósito e sem alegria.

Abri suavemente a cortina, o escuro ainda predominava. Olhei pela janela e fiquei observando a rua por alguns minutos. Uma fina geada cobria as árvores; aquele inverno seria o mais rigoroso em anos. Fui à cozinha, preparei um café preto, coloquei manteiga em um pão velho e comi de pé na sala evitando barulho, mamãe provavelmente acordaria um pouco mais tarde. Pensei no dia que estava por vir, antecipei mentalmente os pratos a serem preparados na cantina, a visita à mesa dos clientes e as olhadas insinuantes do gerente.

O ônibus estava cheio, lento. Quando desci, precisei acelerar o passo, era a responsável por abrir o estabelecimento. Imaginar minhas colegas de trabalho esperando no frio me angustiava. De fato, elas me aguardavam em frente à porta. Usavam gorro de lã, luvas, botas e vários casacos. Abri passagem para entrarmos e em pouco tempo estávamos com calor. O vapor das panelas, o fogo. Tiramos os casacos; fiquei com uma blusa de mangas curtas, e mesmo assim transpirava.

Inácio, o gerente, foi cedo fiscalizar nosso trabalho. Estava conosco há poucos meses. O patrão teve bom faro para selecioná-lo entre a fila de desempregados. Ele preencheu todas as expectativas. Tinha um jeito muito educado para tratar com os clientes, uma voz macia e olhos verdes e, se não fosse a disparidade de tamanho do nariz e das orelhas, podia-se dizer que era bonito. Simpatizava com ele e algumas vezes notei seus olhos se perdendo em meu corpo, como num transe; nem mesmo piscavam.

Nessa manhã, Inácio entrou animado na cozinha, porém, em segundos, seu rosto, focado em meu corpo, perdeu a expressão.

– Que manchas são essas aí em seus braços, Teresa?

– Aqui? – apontei para uma delas. – Devo ter machucado.

Eu não havia notado. Ele se aproximou.

– Isso não parece machucado, seus braços estão cheios delas.

Nesse instante, um arrepio denunciou um mau presságio. Corri, então, para pegar um pano de louça e, ingenuamente, esfreguei-o em uma delas para ver se saía. Notei a ausência de tato no contato do pano com a pele, mas não sabia o que isso significava, então voltei às panelas, constrangida pela situação. Inácio foi chamado em outro setor do restaurante e precisou sair. Fiquei pensando, era estranho que partes do corpo estivessem anestesiadas. Mas nessa época, não tinha a consciência de que a dor funciona como um alerta. Uma denúncia. Havia me privado desse mecanismo de defesa.

O restante do dia transcorreu sem novidades. O trabalho era automático: cortar legumes, preparar as carnes e os molhos, temperar, assar e servir. Na hora de ir embora fui chamada na sala do patrão, mas ele não estava. Quando cansei de esperar, já com medo de ter feito algo errado, entrei na cozinha e avistei todos ao redor da mesa central. Em segundos começaram a bater palmas. Sorri desconfiada. Uma festa surpresa. "Para mim? Não mereço", pensei automaticamente. Por falta de dinheiro, alguns aniversários da minha infância haviam passado como se fossem dias comuns. Cantaram um animado *Parabéns a você*, e na hora de apagar as velinhas, Inácio alertou:

– Não se esqueça dos pedidos.

Ao ver minha expressão um pouco confusa, completou:

– São três, tem direito a três pedidos, Teresa.

Só me ocorreu um. Não seria mais fácil conseguir um no lugar de três? Desejei estar longe da mamãe e, espantosamente, de todos aqueles sorrindo em volta da mesa.

Algo ou alguém me escutou.

2

Dizem que Ana nasceu rosada, mais bonita que a maioria dos bebês, e veio calma. Embora tenha chorado para abrir os pulmões, foi breve e sensata. Nasceu de olhos azuis. Olhos grandes e transparentes. Sua infância foi muito simples, a família era paupérrima, vivia em condições insalubres no campo, a alguns quilômetros de Porto Alegre. A oportunidade para sair da miséria pareceria uma dádiva, não fosse sua idade e as condições em que ocorreu.

Meses depois de Ana completar onze anos, tia Francisca, irmã de sua mãe Carla, chegou sem aviso prévio.

– Venha abrir o portão, menina. O que faz aí parada? Vamos! Venha, trago boas notícias.

Ana continuava sentada.

– Se não levantar já daí, vou mudar de ideia, e olha que a notícia boa é sobre seu futuro.

A menina foi abrir a porta e Francisca a abraçou.

– A mãe está lá no fundo do pátio estendendo roupa – disse, já tramando uma estratégia para escutar a conversa.

Carla estava trepada em um banco para alcançar as extremidades das cordas de estender roupas, no alto; tinha caído muita água do céu naqueles dias e se acumulavam calças, camisas, saias, roupas de baixo e toalhas. Estava distraída quando avistou a irmã chegar com os ares da cidade, bem-vestida e limpa. Imaginou a repetição da ladainha: "Morar na cidade é melhor, você não é esperta vivendo na roça, essas mãos calejadas da enxada...".

– Desça já daí, minha irmã, isto é perigoso, já viu como se mexem os pés desse banquinho? Pode cair e aí, sim, não quero nem ver – disse puxando a irmã pela saia.

– Já desço. Vai indo para a cozinha. Vou passar um cafezinho.

A irmã afastou-se devagar, seguindo seu conselho.

"O que seria esta visita sem anúncio e sem nenhuma data comemorativa?" Francisca vivia afastada da irmã, na cidade. Durante o dia trabalhava na farmácia que pertencia a uma família abonada e à noite fazia o serviço doméstico na casa dos patrões. Tinha ares de quem morava em uma mansão, mas dormia em um pequeno quarto na área de serviço.

Na cozinha, Carla não se admirou ao ver Ana arrumando a mesa para o lanche. A visita, sentada na cadeira, parecia estar muito confortável.

– Como você está, Francisca? Por que veio sem avisar?

– Melhor assim, sem rodeios. Vim fazer uma proposta,

na verdade é uma demonstração do quanto me preocupo com vocês, com a miséria em que vivem. Carla tinha razão, o discurso parecia ter iniciado. Mas foi surpreendida e ficou angustiada com as poucas palavras da irmã.

– Vim buscar Ana.

Carla se sentou com cuidado e abriu a boca com a esperança de auxiliar na entrada do ar, o qual parecia ter sumido repentinamente da cozinha, talvez da casa toda.

– Como assim? – foi tudo o que conseguiu dizer, desviando então o olhar para a filha. Ana preparava o lanche atenta, sem o mínimo ar de surpresa, como se adivinhasse seu destino.

– Não estamos dando conta da farmácia, precisamos de uma auxiliar, alguém para retirar as mercadorias das caixas, organizá-las e varrer o chão nos intervalos.

Antevendo a resistência da irmã, arrematou:

– Pense bem, minha irmã, não seja egoísta, é a oportunidade desta criança estudar e aprender um ofício; é a chance de se alimentar de forma digna.

Francisca sabia o significado daquele corpo esquelético da sobrinha.

– Preciso falar com José. Essa não é uma decisão a ser tomada apenas por mim.

– E onde está seu marido, minha irmã? Me diga, há quantos dias ele não vem para casa? Não vi nenhuma roupa dele no varal.

Francisca era muito esperta, observava tudo, cada detalhe. José trabalhava como capataz em uma fazenda distante. Vinha no máximo uma vez por mês para casa, era quando ficavam abastecidas de comida. No entanto, quando as chuvas de inverno se prolongavam, demorava mais para voltar. Nessas épocas passavam fome. Sua irmã Francisca tinha razão, não poderiam contar com ele. Naquela semana mesmo, se não aparecesse, não teriam feijão para cozinhar.

Embora Carla concordasse com os argumentos, o sentimento de apego prevalecia. Seria difícil separar-se assim, tão de repente, da filha, uma companheira.

– Não – disse em voz baixa, mas Ana, com uma maturidade antecipada, analisou a proposta da tia e aceitou.

Em casa, apesar da idade, já assumia atividades não destinadas às crianças; além disso, queria estudar e aprender algo, e, ainda, poderia ajudar sua família no futuro. Aproximou-se para servir o café na xícara da tia, sorriu e falou baixinho:

– Obrigada pela oportunidade.

Não desconfiou dos traumas dessa decisão.

Quanto a Carla, sentiu culpa e desejou morrer. Seria menos uma a passar fome em casa. Esquentou água para o mate, em silêncio, na mesma cozinha em que tia e sobrinha conversavam sobre a mudança, mas era como se estivesse só, em uma cena separada, num palco onde ocorressem dois atos simultâneos de uma peça de teatro. Cenas independentes de uma única história. Ficou ruminando os pensamentos e esvaziando, enchendo e esvaziando novamente a cuia de chimarrão e ajeitando a erva. Sorvia a água e ia deixando os minutos passarem como se fosse um dia qualquer.

Mas não era.

3

As manchas na pele, as sobrancelhas caindo, a face lisa. Olhando-me no espelho, lembrei aquele sonho com as seis Teresas. Todas eu mesma. Principalmente a mulher pálida, usando um lenço até a metade do rosto. Nos últimos dias, utilizava o lenço do trabalho em todos os lugares. Puxava-o para perto das pálpebras, disfarçando a aberração. Mamãe arrumava desculpas bobas para justificar a queda dos pelos. Eu estava aflita, tinha jeito de coisa ruim, mas ela insistia:

– Tire esses pensamentos da cabeça, jovens não têm doença – repetia diariamente. – Não é nada – e eu parei de valorizar. Até o dia em que algo pior aconteceu.

Preparando o almoço em casa, coloquei a mão esquerda no fogo, distraidamente. Não senti dor, apenas o cheiro de queimado e a terrível imagem das chamas destruindo minha carne fizeram recuar a mão. Fiquei paralisada inicialmente. Após alguns segundos, chamei mamãe aos gritos, afastando-me do fogão. Assombrada, vi a pele se abrir em uma grande chaga, o fogo chegando ao músculo. Sem uma única dor. Mamãe chegou à porta da cozinha e avistou a cena, daquela distância ainda mais surreal.

– Por favor, apague este fogo! Apague este fogo! Não fique aí parada! – eu suplicava e olhava para a mão. Parecia borracha queimando. Fiquei tonta e o cheiro de queimado revirou meu estômago. No mesmo instante ela atirou, de uma só vez, tanta água que perdi o equilíbrio e caí. O lenço, escondendo minha testa lisa, também caiu. Mamãe ajudou-me a levantar e, num reflexo, gritou:

– O que está aprontando, Maria Teresa?

Nossa vizinha de porta, atraída pelos gritos, olhou pela janela e, contemplando meu corpo, reconheceu:

– É lepra!

Lepra. O significado da palavra, naquele momento, era totalmente desconhecido, mas o tom em que foi pronunciada era o de uma doença grave. Senti o corpo tremer, sentei-me na cadeira e apoiei a mão na mesa, olhando o ferimento. A solidão de anos se materializava naquela chaga aberta.

Mamãe perguntou:

– E que doença é essa?

A vizinha explicou. Ouviu falar da lepra na escola da filha. Qualquer manchinha surgida recentemente ou qualquer ausência de sensação em determinada parte da pele eram sinais de alerta. A bactéria causadora da doença atacava os nervos e a pessoa não tinha dor nem sensação de frio ou calor. Tinham mostrado fotos de algumas pessoas deformadas. Os rostos inexpressivos, testas carecas e lisas, pela ausência das sobrancelhas.

– É grave? – eu perguntei.

– Sim, e muito contagiosa. Os doentes devem morar num hospital. Nunca ouviram falar? Fica em Itapuã, não muito longe daqui. Mas agora preciso voltar para minha casa. Vocês devem procurar um médico logo.

Não procuramos. Matilde não deixou. Não suportava a ideia de ficar sozinha e tinha medo de não ter dinheiro suficiente. Ela lavava, secava e passava roupas, mas não tinha muitas clientes. Meu salário ajudava bastante.

– Não tenho medo de me contaminar – dizia com tranquilidade.

Alguns dias se passaram, a ferida piorava, continuava sem dor, mas havia perdido a força no braço e na mão. Percebemos a gravidade. Eu tinha medo. Porém, mamãe fez chantagem, me proibindo de ir ao hospital ou de retornar à cantina, dizendo quase sempre a mesma coisa, embora alternasse as palavras.

– Se for, não volta mais, ficará sozinha porque não visitarei você. Se me deixar, como fez seu pai, vou enlouquecer... Pensa que vão cuidar de você nesse hospital? Você é muito ingênua, Maria Teresa. Vai ficar abandonada.

Na cantina sentiram minha falta, com exceção do patrão, que, em poucos dias, me substituiu. Mas Inácio, o gerente, inconformado em não me ver e não ter notícias minhas, encontrou meu endereço nas anotações do chefe e saiu engravatado, às pressas, do trabalho. Percorreu a rua de barro a pé e, sentindo-se perdido, abordou uns moleques que o ajudaram a localizar a casa sem número da viúva que morava com a filha. Avistei Inácio de longe e senti uma profunda esperança de me salvar. Vi o momento em que limpou o suor com o dorso da mão e aproximou-se de nossa casa. Abri a porta antes mesmo dele bater. Convidei-o para entrar, mamãe tinha saído, era a oportunidade de pedir ajuda, precisava sair e receber cuidados médicos. Ele acomodou-se no sofá e escutou em silêncio. Pela feição de seu rosto, percebi que nunca mais me contemplaria com desejo.

– Vou ajudá-la – foram suas únicas palavras, e preparou-se para ir, era tarde e o caminho até sua casa, longo. Fez um gesto automático como se fosse me abraçar, mas recuou, não era seguro chegar perto. Eu senti um alívio, também queria o abraço, mas preferia não correr o risco de contaminá-lo.

Após a despedida, fiquei sentada no sofá tentando não chorar, estava muito triste e assustada, meu futuro era incerto. Tive medo de morrer. Senti raiva de Deus por estar sofrendo, desejei voltar a ser criança. Nesse momento lembrei de uma cena de minha infância.

Com sete anos, eu estava no pátio da escola, as aulas ocorriam à tarde e nesse dia terminaram um pouco mais cedo; brincava com os colegas. Lembro bem da Carolina, uma menina loira de cabelos fininhos. Magra e com o corpo delicado, era minha melhor amiga. Estávamos nós duas e meia dúzia de outros colegas dos quais já não lembro. Eu era uma criança comum, semelhante às outras, com uma saia de tergal azul-escuro e uma blusa branca com o nome da escola. É verdade que havia um pequeno furo na manga direita, gasta de tanta lavagem, e eu só tinha duas. Um dia sim e outro não eu tinha o privilégio de vestir uma blusa perfeita. Este era o dia não. As atenções voltavam-se para mim porque tinha uma caixa de mágicas nas mãos. Enorme, branca e pesada. As crianças encontravam-se sob hipnose, os olhos fixos nela. Somente Carolina sabia os segredos que continha e piscava em ritmo acelerado, os olhos querendo revelar a surpresa.

 Comecei fazendo um truque com lenços, tirava vários, cada um de uma cor diferente, amarrados um no outro, como se a caixa não tivesse fundo. Depois fiz uma moeda sumir e aparecer no muro atrás de mim. Meus amigos aplaudiam. Continuei com a brincadeira até que, no último truque, me concentrei e fiquei muito séria. Tentando criar suspense, chamei uma auxiliar. Carolina veio para o meu lado, com a coluna ereta e toda a dignidade do momento. Ela segurou o caixote aberto e eu mergulhei minha mão esquerda nele. Quando retirei, apontei para a plateia o meu dedo, com um alfinete de segurança atravessando a carne e um vermelho sangue escorrendo. Fiz cara de dor e esperei a reação das outras crianças. Algumas soltaram gritinhos, outras permaneceram imóveis, incrédulas. Carolina esqueceu a brincadeira e, nervosa, se avançou em meu braço até alcançar a mão e retirar o objeto que atravessava minha pele. Meu rosto instantaneamente se transformou em um grande sorriso. Não havia dor. Fui desmascarada. O alfinete de segurança interrompia-se no meio e dava a falsa impressão de atravessar o dedo.

 Nesse dia, sozinha em casa, lembrando daquela tarde, me dei conta de como a vida poderia ser simbólica. Coincidência macabra. Além do truque de mágica, só haveria outra possibilidade de não ter sentido dor com um metal atravessando a carne. Uma mão com lepra.

* * *

No dia seguinte à visita de Inácio, bateram em nossa porta. Vieram me buscar. Eu não sabia que era ilegal ficar em casa com aquela doença. Representava um perigo à sociedade, não podia permanecer entre os saudáveis. Quando os doentes não se apresentavam à unidade de saúde, eram capturados onde estivessem.

As batidas surpreenderam mamãe.

– Bom dia, viemos buscar uma doente.

– Não estou doente e moro sozinha – mentiu, num tom seguro.

De nada adiantou. Identificando-se como agentes da saúde, o casal entrou. O homem, moreno de bigode, ficou com mamãe, enquanto uma loira de uns vinte e poucos anos percorreu os poucos cômodos da casa, facilmente me encontrando. Eu estava no quarto, sentada na cama. O olhar parado, perdido, olhar de doente. Ouvia de longe os resmungos de mamãe. A moça me examinou com os olhos, mantendo uma distância segura.

– Você tem uma doença contagiosa. Não pode ficar aqui.

– Vão me levar para onde?

– Para um hospital, um lugar onde terá todas as condições de se tratar.

– Ouvi falar que os pacientes moram lá. É verdade? Não posso deixar minha mãe sozinha.

– Não existe a possibilidade de não ir. Tem uma lei que obriga os doentes a se isolarem, você entende?

Disse com um tom de voz mais incisivo.

– Levante-se, por favor.

Continuei sentada. Era essa a ajuda de Inácio? Precisava de tratamento e de afeto. Esperei isso dele. E agora, aquelas pessoas estranhas, adentrando em minha casa me obrigando a morar num hospital. Fiquei em estado de choque. Mamãe entrou no quarto e ordenou:

– Não vá!

No entanto, eu não poderia desacatar uma lei, e os dois começavam a perder a paciência. Tentei pensar na parte boa, seria cuidada, e se, no mundo dos sadios, era discriminada, nesse outro, todos estariam na mesma situação. Estava cada vez mais difícil me esconder, usar lenços que caíam nos olhos para que não notassem a ausência das sobrancelhas. Minha mão esquerda ficava pior a cada dia. Impossível era agir como se nada estivesse errado, como mamãe sugeria. Além disso, estaria longe da pressão psicológica imposta por ela. De alguma forma, era também responsável pelo que acontecia; tinha desejado tanto ir embora e mudar de vida. Olhei Matilde nos olhos, expliquei não ter alternativa. Ela não disse mais nada. Estava inconformada. A agente de saúde me apontou o caminho até o carro, mandou que me sentasse atrás com outros dois doentes e ficou na frente ao lado do motorista. Ficamos a maior parte do tempo quietos enquanto o carro seguia seu trajeto para fora da cidade, em uma estrada de chão esburacada. O motorista estava visivelmente irritado, fazia as curvas de forma acelerada e freava intempestivamente.

Sentada no carro, em pânico, tentei me distrair do que estava acontecendo. Não parecia real. Lembrei o sonho em que o moreno perguntava "Quem é você? Quem você é?". Nesse instante o motorista olhou para trás com repulsa, acentuando meu sentimento de inferioridade e de baixa autoestima. Precisaria de muitos anos para me refazer.

4

Tinha sol quando Ana chegou com a tia Francisca à sua nova moradia. Era uma casa de tijolos à vista de três andares. De longe, parecia um edifício mal planejado. O azul do céu sem nuvens amenizava a primeira impressão, acompanhada da ilusão de uma vida melhor. Tinha sido levada pela tia para ajudar na farmácia. O estabelecimento ficava no primeiro andar. Ana ficou surpresa. Além da variedade de medicamentos, o salão volumoso, de paredes brancas, contrastava com prateleiras espalhadas por todo o canto, abarrotadas de coloridos cremes, perfumes, xampus, condicionadores e sabonetes, produtos de várias marcas. O segundo andar era um depósito superlotado; incontáveis caixas de remédios para várias doenças se misturavam sem nenhuma ordem. No terceiro andar, a casa da família era imensa, os móveis, lindos. Moraria num quarto com mobília simples, junto com a tia Francisca.

Ana possuía um senso de disciplina e organização inatos, em poucos dias colocou ordem no caos. Cada caixa em seu lugar. Apesar da pobreza, sempre estudara, sabia ler e fazer contas. A farmacêutica, entretanto, precisou descartar várias caixas de medicamentos vencidos, agora devidamente identificados, e redistribuir os aptos à venda.

A vida longe do campo acentuou a inteligência de Ana e curou sua desnutrição rapidamente, mas a privou das brincadeiras com as outras crianças da vizinhança, de escorregar no barro quando chovia e do carinho dos pais. A patroa fez questão de matricular a menina na escola, mas deixara claro suas tarefas antes do estudo: preparar o café e limpar a cozinha. No colégio, era quieta e tímida, gostava de estudar. No recreio, tinha por hábito comer seu lanche sozinha e observar os colegas se divertirem; preferia ficar envolta em seus devaneios e amigos imaginários e, antes mesmo do descanso terminar, já estava com os livros a postos. Na volta da escola, almoçava, trabalhava na farmácia e depois da janta ia fazer seus temas de casa. Dormia num sofá. Para ela estava bom, não precisava mais.

Ana não imaginava quando seu pai ficara sabendo de sua mudança, pois já havia se passado quase três meses. Em uma manhã nublada, estava a caminho de escola, o pai apareceu quando ela dobrou uma esquina, levantando-a e abraçando-a. Quase não o reconheceu e se assustou. Tinha barba e rugas no rosto, parecia ter envelhecido dez anos.

– Ana querida do papai.

José não queria largar a filha, mantendo-se abraçado, como se o tempo tivesse parado. Ele chorava um choro baixinho, ritmado. De repente ouviram um piado. O pai sorriu, largou a filha e limpou as lágrimas com o dorso das mãos. Colocou as mãos nos dois bolsos ao mesmo tempo retirando três pintinhos.

— Imagino que esteja sem amiguinhos, filha.
— Papai, não acredito! Como conseguiu? São lindinhos. Como vamos chamá-los?
— Esse machinho tem cara de Asdrúbal, não acha?
— Que nome estranho, papai. Mas pensando bem, combina com ele. E os outros, que nome podem ter?
— São seus, filha, não precisa escolher agora, olha com calma, são duas pintinhas. Faça amizade com elas e os nomes aparecerão na sua cabecinha. Está indo para a escola?
— Sim
— Não quer comer um doce?
— Se for rápido, papai, não posso me atrasar, sempre tem matéria importante. Essa escola é muito boa. Muito, muito mais que a da nossa vila.

Essa frase fez José repensar seus planos. Tinha a ideia de levar a filha de volta para casa. Sentaram-se na padaria perto da escola. Ana escolheu um sonho com doce de leite, José tomou um café preto. A garçonete se encantou com os pintinhos, sentou-se à mesa por poucos minutos e Ana quis brincar de dar nomes. "Filomena, vem logo para casa", gritaram na rua. A menina e a garçonete se olharam, já tinham o segundo nome. Doroteia foi lembrança de Ana, era o nome de uma de suas bonecas, esquecida na antiga casa.

O pai voltou a chorar baixinho, até que teve coragem de perguntar:

— Quer voltar para casa comigo?
— Não posso. Estou estudando numa escola muito boa. Já falei. Mas prometo que um dia, quando terminar de estudar, eu volto.

Quando saíram da padaria, a moça do caixa perguntou se não queriam um lugar para guardar os animaizinhos. Ana sorriu e ganhou uma cesta de palha.

— Vai ser uma boa casinha. Obrigada.

Depois da primeira visita do pai, Ana continuava concentrada nos seus estudos e no trabalho. Tinha saudade de sua mãe, e como Carla não gostava de ir à cidade, ela e a tia Francisca iam ao campo. Passavam as tardes de domingo lá, não todas, mas pelo menos duas vezes por mês. Nesses dias, sim, Ana tinha dificuldade de sair da casa dos pais. Francisca insistiu muito naquele dia, em uma das vezes, já estava escurecendo e Ana não saía do colo da mãe.

— Não vou esperar mais, amanhã será segunda-feira e não terei tempo para nada. Queria lavar umas roupas ainda hoje.

— Tia, eu já sei voltar sozinha. Afinal, já tenho 12 anos. Pode ir na frente.

Francisca foi sem titubear. Mais tarde, Carla insistiu para a filha voltar no dia seguinte. Ainda não eram oito horas da noite, mas já estava escuro. Porém, Ana precisava retornar, estudava pela manhã e precisaria fazer o café da patroa antes. Sentiu-se feliz naquele domingo, tinha brincado com as vizinhas, comido pipoca e levava bolo de cenoura. Estava certa, pensou. Sabia agora que tomara a decisão adequada: sair da casa dos pais, da miséria, da incerteza, e ter a possibilidade de ser feliz. Mesmo distante de quem amava.

O ponto de ônibus ficava a uma distância de três quadras, percorreu primeiro com passos apressados, mas em seguida se distraiu com a lua no céu e não viu um homem magro, parecia um mendigo, se aproximar. Ele pedia pão. A menina, impregnada do sentimento de sempre agradar, aproximou-se com a intenção de dar o bolo que levava, sem desconfiar o que seus passos prenunciavam: uma fenda na alma, incicatrizável.

5

Chegamos. Dentro do carro dos agentes de saúde, avistei a primeira entrada de acesso ao Hospital Colônia Itapuã. Vi, através de um pórtico de colunas brancas, um vilarejo e tive a sensação de estar sonhando. Um pesadelo, na verdade. Estava com medo da doença e do desconhecido. Lembrei mais uma vez do sonho enigmático em que apareceram várias imagens de mim. O sonho fora misterioso, mas nunca pude imaginar aquela doença. Por que comigo? As manchas, as chagas, uma maldição.

Logo adiante, vi o segundo pórtico, separando a área limpa – soube depois –, onde viviam as freiras, os médicos e os funcionários, da suja, onde ficavam os doentes. Neste pórtico tinha algo escrito, uma frase ilegível naquele momento, pois o motorista acelerou alcançando as ruas. Havia prédios enfileirados pintados de amarelo-claro, quase um branco sujo, e, logo na frente, ruas com casas geminadas.

Chegamos à porta da enfermaria onde eu ficaria. Em seguida fui levada a um dos leitos. Estava muito doente, embora naquele momento não tivesse consciência do quão grave era minha situação. Antes, tomei um banho morno, auxiliada por uma das freiras-enfermeiras. O banho quente me proporcionou uma sensação de consolo, relaxei e fui para a cama quase desmaiando, dormi em seguida. Acordei assustada, tive um pesadelo.

Os dias seguintes foram semelhantes, dormia a maior parte do tempo, um sono pesado, agitado. Resistia à ideia daquele hospital ser, a partir de então, minha casa, meu mundo, e não adivinhei o futuro. O tempo me ensinaria a transformá-lo em lar. Também não desconfiei que encontraria a paz tão desejada e a irresistível alegria de quem descobre seu dom. Nem poderia ter tais ideias naquelas primeiras semanas, meus olhos apenas alcançavam corredores compridos e paredes brancas intermináveis com cheiro do material de limpeza.

Minha primeira morada no leprosário, em Itapuã, foi aquele espaço amplo e retangular com o nome de enfermaria. Havia várias camas de ferro dispostas de cada lado. Eram camas estreitas toscamente pintadas de marrom. As paredes nuas davam a impressão de que o lugar era maior, e se isso, por um lado, acentuava o vazio, por outro, sentia uma estranha vontade de pintá-las. Nos primeiros dias, ficava horas deitada olhando as paredes imaginando como seria se pudesse jogar cores vivas sobre elas. Essa era minha única distração, além dos sonhos e devaneios, comuns a quem, como eu, chegara muito perto da fronteira entre os dois mundos.

Optei pelo mundo dos vivos. Contrariando o prognóstico do médico, venci uma infecção que tomava conta de todo o meu organismo. A ferida causada pela queimadura tinha atingido os músculos da mão esquerda, e a necrose extensa, com todas as suas toxinas, se aliou às bactérias, que se proliferaram livremente até a chegada ao hospital. Por sorte a penicilina já existia e, mais do que isso, fui cuidada por um médico dedicado e apaixonado pela profissão. O doutor Ricardo, segundo as freiras, era excepcional, mas também um insano. Arriscou a própria saúde comigo. E venceu. Vencemos juntos a infecção, e minha mão pôde ser preservada. O que naqueles dias podia ser considerado um milagre.

Quando adquiri saúde e energia suficientes para passar mais tempo no mundo real e menos em devaneios, conheci a verdadeira fisionomia do médico. O doutor Ricardo era um homem de aproximadamente quarenta anos, um metro e oitenta, corpo magro e músculos longos. Confessou-me que era eclético, gostava de ouvir todos os tipos de música, calçava 43 e orgulhava-se de amar a vida e a profissão. Não se preocupava com o futuro, mas no dia a dia dava sempre seu melhor e sabia, de antemão, que dessa forma os próximos dias não poderiam decepcioná-lo. Sua infância transcorreu sem grandes surpresas, tinha um lar estável e pais que se amavam. Enfiava-se com frequência em brigas com os outros dois irmãos, mas por ser o caçula era poupado da surra e saía com ar de vencedor, com poucos arranhões, e logo recebia beijos de uma mãe dedicada, que por sorte dele também sabia impor limites. A dose de afeto, de regras, de estrutura familiar e o bom salário do pai favoreceram o desenvolvimento de sua personalidade e facilitaram seus estudos. A voz macia herdara da mãe, conversando com ele desde os primeiros meses da gravidez, sempre com sonoridade, falando baixinho para não atrapalhar seu desenvolvimento. A vocação para a medicina veio naturalmente e com o tempo; foi crescendo junto com os ossos e a cada olhar de ternura dedicado às pessoas necessitadas. Tinha uma sensibilidade aguçada para o sofrimento dos outros. Eu seria grata a ele pelo resto de minha vida.

Meses após minha chegada, ao ver o jardineiro plantando, decidi sair para a rua pela primeira vez. Meus passos eram lentos, os músculos atrofiados. No caminho encontrei Camila, a doente mais nova. Tinha treze anos e um nariz achatado pela doença. Fiquei surpresa de vê-la sorrindo num dos bancos próximos à igreja católica. Como podia alguém tão jovem estar ali resignada num banco com uma sequela horrível no rosto? Como podia sorrir? Dei meia-volta, interrompendo a visita ao jardineiro, retornei para o quarto e me entreguei à depressão.

Dias depois acordei com um murmurinho de vozes, parecia música. Era prece. As freiras rezavam às cinco horas, antes de iniciar os afazeres do dia. Foi a primeira vez que escutei. Aquele som penetrou meus ouvidos devagar, uma nuvem de esperança e de amor a algo maior. A fé me contaminou, chorei baixinho de emoção. Descobri uma lição valiosa. Não poderia ter superado tudo sem estas duas forças: a confiança na vida e a união. Hoje acredito que a busca por Deus é solitária, mas facilitada pela experiência de outro. E despertada pelo contato com o outro.

Meu primeiro trabalho no leprosário ocorreu de forma muito natural. Auxiliar de jardinagem. Ajudaria nos cuidados da horta e dos canteiros. Era uma manhã primaveril, as flores estavam irresistíveis, cheirosas e coloridas. O jardineiro, André, era um homem atraente, apesar da idade. O trabalho pesado tinha desenhado seus músculos, acentuados por camisas justas. Usava um boné cinza com estampa de Nossa Senhora Aparecida. Tinha onze irmãos e fora gerado por descuido quando sua mãe, com quase cinquenta anos, se deitou com o marido pela última vez em sua vida, exatamente dois anos antes de falecer. Foi criado por uma tia solteirona, cujo ventre nunca pôde ficar cheio por não ter tido a sorte de encontrar um bom marido, mas acolheu aquele pequeno com muito amor, esquecendo não ser originalmente seu. A vida para ele não tinha sido fácil e por isso se orgulhava de nunca ter passado fome e de, aos sessenta anos, encontrar sua verdadeira vocação: a jardinagem. Ficou sabendo da pequena cidade construída para alojar os leprosos e se antecipou em oferecer seus serviços porque ficou com pena daquela gente. Foi-lhe concedida uma das casas da ala limpa. Passava seus dias lá e, à noite, ia para a vila, onde vivia com sua família.

    André ficou feliz em ter uma auxiliar, disse "as flores crescerão mais belas com esta presença feminina, com cheiro de rosas". Ele foi muito amável. Notou de imediato as sequelas de minha mão esquerda e a dificuldade que teria para plantar, mesmo sendo destra.

    Lembrei de minha mãe. Também tínhamos um jardim, sentia saudades. Eu quis tanto estar longe dela, mas sofria por não ter notícias. Sentia-me culpada. Como Matilde estaria? Tentei descobrir, enviei cartas e nada, nenhuma resposta.

* * *

Morávamos isolados. Um vilarejo em torno de uma doença. O temor perante o inimigo invisível. A bactéria. Vivíamos tentando esquecer o quanto tínhamos receio de morrer longe da família. Víamos as pessoas normais de longe, através do portão. Ficamos muitos anos sem visitas e nos transformamos em uma sociedade. Não havia escolha. Não havia saída. Paradoxalmente, nos habituamos a viver ali, nos afeiçoamos uns aos outros, enterrávamos nossos mortos no cemitério e seguíamos a vida da melhor maneira possível.

Nessa estranha sociedade, as pessoas eram classificadas em doentes – nós, os leprosos – e em sadios – as freiras, os soldados, os médicos, o jardineiro e outros funcionários. Uma subclassificação ficava a critério da ocupação. Os doentes mais graves eram inúteis, e os que conseguiam se locomover com facilidade iam trabalhando no que era mais necessário no momento, sempre levando em consideração suas habilidades ou a ausência dessas. As irmãs franciscanas, lideradas pela madre Ângela, eram a alma do vilarejo, trabalhavam incansavelmente. Os soldados cumpriam as ordens da madre e estavam sempre prontos para nos buscar, se fugíssemos. Por sorte passavam mais tempo na área limpa e nos arredores. Na área suja tínhamos certa liberdade. Éramos uma família. Embora a padaria ficasse na área limpa, tínhamos pão diariamente e vários outros itens necessários, como arroz, feijão, lentilha, frutas e produtos de limpeza. E havia uma prefeitura, como em qualquer outra cidade. A prefeitura dos internados, na área suja, com fictícia independência, era subordinada à direção do hospital, na entrada da área limpa.

Havia também a lavanderia central, a sapataria, a farmácia, duas igrejas, uma protestante e outra católica, e o pavilhão de diversões, este último, lugar do cassino, das festas regulares aos domingos, dos aniversários, natais e casamentos. O salão começava a ser enfeitado nos sábados à tarde. Nós, mulheres, limpávamos cada canto e colocávamos balões coloridos pendurados nas paredes e toalhas nas mesas, deixávamos o centro livre para a dança. O domingo tornava-se o dia mais esperado da semana. Cada doente se arrumava da melhor forma, e havia expectativa e alegria em cada olhar. Nem todos se divertiam, é claro, alguns ficavam sentados todo o tempo olhando os outros dançarem. Vidas entrelaçadas pelo destino. Sonhos se despedaçando. Outros se formando. A esperança sempre à espreita. Pelo menos para mim.

6

Ana saiu sozinha a caminho da casa da patroa. Perto do ponto de ônibus, um homem com aspecto de mendigo se aproximava. A menina preparou-se para lhe oferecer bolo. Ela mesma já tinha passado fome, sabia o que era isso e tinha um coração muito bom, Carla, sua mãe, sempre dizia. Além do mais, comia muito bem na casa nova e tinha oportunidade de estudar, um privilégio. Estava escuro, mas, de perto, foi capaz de enxergar maldade e malícia nos olhos dele. Ana estremeceu por dentro e não conseguiu se conter: em poucos segundos sentiu um líquido morno escorrer por suas pernas. O suposto mendigo se aproximou mais, disse para não ter medo. Ela alcançou o bolo envolto num guardanapo de pano e se preparou para correr. Ele a segurou, deu um beijo em sua bochecha e a imobilizou, enfiando-lhe um pedaço de bolo na boca. Ana não piscava, nem mastigava, queria sair, gritar, mas sua boca estava cheia. O homem, já perdendo a paciência, começou a empurrar o bolo goela abaixo, ela primeiro se engasgou, depois engoliu. Ele baixou as calças e, em seguida, pegou Ana pelos cabelos, fazendo com que se curvasse até ficar com o rosto na altura de seu pênis. Vendo que a menina não tinha noção do que estava acontecendo, disse:

– Faz de conta que é um picolé.

A cabeça de Ana doía, seus cabelos eram puxados com força, só pensava em sair logo e continuar viva. Quando tudo acabou, cuspiu o líquido morno da boca e, ato contínuo, vomitou todo o bolo. O homem relaxou por segundos, o suficiente para ela correr.

Ninguém a viu chegar em casa, estavam distraídos na sala. Ana entrou pela cozinha, esquentou um pouco de água, colocou-a em uma bacia e, chegando no quarto, foi imediatamente lavar o rosto. Lavou-se inúmeras vezes, ficando com manchas vermelhas nos lábios. A boca foi escovada com força até sangrar. Nesse momento ouviu o barulho dos pintos Asdrúbal e Doroteia tentando sair da cesta, a casa improvisada. Não encontrou Filomena. Pegou os dois pintinhos na mão com a intenção de acariciá-los, mas o fez com tanta força que os deixou sem vida em poucos instantes. Os animais mortos proporcionaram, ao mesmo tempo, alívio e culpa.

Segundos depois, lembrou do pai. Não era incomum, quando a visitava, perguntar sobre os animaizinhos, afinal, fora presente dele. Não podia decepcioná-lo. Entrou em desespero. Foi quando teve uma ideia. Largou os dois animais no chão e foi correndo ao depósito do vizinho patologista, onde encontraria frascos de uma substância de nome formol, capaz de manter a aparência de vivo ao tecido morto, apesar do cheiro intoxicante. Pegou o maior frasco, saiu correndo com receio de ser vista e, chegando ao quarto, teve todo o cuidado de colocar primeiro Doroteia e depois Asdrúbal de pé no líquido que os conservaria como se permanecessem vivos. Afinal, ela não estaria mentindo. Eles estavam bem... mortos. Uma parte dela também morria para sempre, a despeito de uma aparência saudável.

Depois do ocorrido, Ana temia até ir para a escola de manhã. Ficou com febre alta por sete dias, levaram-na ao médico e recebeu o diagnóstico de virose. Francisca achava que era emocional, virose geralmente vinha acompanhada de outros sintomas inexistentes na sobrinha. Além disso, estava muito estranha nos últimos dias. Sua respiração era muito ruidosa e rápida durante o sono e uma vez acordara gritando.

– Menina, o que houve?

Tia Francisca tentou acudi-la.

– Pesadelo, tia.

– Quer contar?

– Não precisa.

– Vou ensinar a rezar o Pai Nosso então, nunca mais ficará desprotegida.

A reza foi acalmando a menina até que adormecesse. Decidira não contar para ninguém o que acontecera. Sentia-se suja e, estranhamente, culpada.

***

Os anos se passaram, Ana continuou trabalhando, estudando muito e rezando todas as noites. Quase não encontrava mais seus pais. Seu maior receio era o pai descobrir o que ela fizera com os pintinhos. Tinha matado Asdrúbal e Doroteia e nunca soube o que aconteceu com Filomena. Foi sem querer, sua mente dizia. Não importa, pensava, isso prova o quanto posso ser malvada. O medo da rejeição pelo pai era tão grande que vinha evitando as visitas.

– Pai, preciso estudar, estou sem tempo – dizia, e depois passava horas chorando. A desculpa funcionava e ele parecia orgulhoso.

A patroa incentivou Ana a aperfeiçoar seus estudos. Estimulou-a a conhecer as leis para que ninguém no futuro pudesse enganá-la. Parece que adivinhara seu trauma. Aquele, além da miséria. Além da solidão pela ausência dos pais. Além do entendimento racional. Além do perdão. Haviam arrancado de Ana o mais sagrado, a capacidade de confiar. Uma dor insuportável para uma menina.

Sete anos depois, Ana entrou na faculdade de Direito e jamais esqueceu as palavras da patroa meses antes do seu ingresso.

– Saiba se defender, garota, você já deve ter notado que esta vida é muito cruel – disse, fazendo-a relembrar de sua infância longe da família original.

– Sem choro, por favor – falou, ao ver os olhos de Ana se encherem de lágrimas. – Aprenda a não dar valor aos seus sentimentos, a não ter pena de si mesma. Não esqueça o que estou ensinando hoje: só você pode salvar seu futuro e, frágil como é, só há uma maneira de vencer nesta vida: estudando; no seu caso, estudando as leis, não será subjugada.

— Não sei se tenho inteligência para isso, senhora.

— Menina, NUNCA mais na vida repita estas palavras — e bufando, arrematou: — Vai estudar Direito e pronto, está decidido.

Ana ficou feliz. Se não fosse por ela, que espécie de futuro poderia esperar: retornar ao campo, para junto de sua família? Atender na farmácia por toda a vida?

7

Itapuã, abril de 1959

Perto de completar já oito anos no leprosário de Itapuã, eu não conseguia me imaginar segura fora do hospital, mas avistava facilmente o mato em torno e sentia uma vontade imensa de explorar a vida fora dali. Sabia da existência das lagoas, a Negra e a dos Patos, e do centro da vila, a poucos quilômetros. Sonhava com as ruas desconhecidas, as casas, os bares, e imaginava a vida dos pescadores e famílias, seus banhos na lagoa após um dia de trabalho e a alegria das crianças correndo nas areias da praia nos domingos. Até que uma das internas teve a coragem de propor um passeio. De forma decidida, organizou tudo, convenceu as freiras, que enviaram os guardas para nos acompanhar. Nem todos os doentes iriam, fez uma lista dos melhores, aqueles em uso do remédio Dapsona e com condições de caminhar. Vi meu nome na lista. Aceitei como um presente. A sorte veio a tempo. Naquela época, atravessar os limites do leprosário era como ver o mar pela primeira vez.

O vilarejo onde morávamos ficava em cima do morro, descemos em linha reta. Uma descida íngreme, repleta de buracos, galhos, aranhas-caranguejeiras e cobras. Barulho de macacos e pássaros. Caminhamos em silêncio, como se qualquer som humano pudesse romper a magia daquele passeio. A trilha era longa e, embora tenha cansado, fiquei deslumbrada diante da Lagoa Negra. Aquela imensidão de água acalmou a inquietude em meu peito. Não posso afirmar se foi o tom das cores, da água e do céu, ou se foi o contraste com a Lagoa dos Patos atrás da faixa de areia. Conectei a um inédito sentimento de paz. Nunca tinha visto uma natureza tão bela.

Sentei-me na areia, movimentando as pernas, e tirei os sapatos. Lembro a sensação das pedras e da areia morna em meus pés, massageando, fazendo cócegas, meus olhos perdidos na ausência de fim daquela água. De repente minha vida passou como um filme e percebi, estava tudo errado: a doença, minha solidão. A imensidão da natureza ampliou minha perspectiva. Dentro de mim havia uma mulher com desejo de amar e mudar seu destino. A beleza daquela vista quase pôde parar o tempo. Por instantes, perdi a noção da realidade e, quando olhei em volta, estava só. Retirei a blusa e me deitei sentindo o vento acariciar minha pele e o peito nu, numa adiada sensação de liberdade.

Adormeci. Momentos depois, acordei bruscamente com uma das colegas me sacudindo; dizia quase sem fôlego:

— Teresa, você precisa acordar logo e vestir sua blusa, vamos, com pressa!

Todos já tinham voltado. Os guardas notariam a minha falta e sairiam logo para me buscar, como se fosse uma fuga.
– Você não pode ser presa – dizia ela, trêmula.
Levantei-me, o corpo amolecido do sono recente. Coloquei a roupa desajeitadamente e precisei correr para chegar a tempo. Não houve busca nem prisão. Então, novamente no leprosário, sentei-me na praça, saboreando as lembranças do passeio.

* * *

Depois da visita à lagoa, mudei de profissão. Enfermeira foi meu segundo emprego no leprosário, e não podia ser diferente, sempre gostei de cuidar dos outros, de poder diminuir o sofrimento, a dor. Sentia-me importante em proporcionar alívio. Era incansável. Começava às seis horas da manhã, logo após um breve café, que tomava de pé, por hábito e por falta de companhia, numa cozinha improvisada num canto do pavilhão central.

O doutor Ricardo me ensinou sobre a lepra, o acometimento dos nervos e suas consequências. Explicou a existência de diferentes tipos de manifestação da doença, como treinar o paciente a ter cautela com as áreas insensíveis; como aplicar injeções, fazer curativos e até suturar. Além dos cuidados com o corpo, sempre tive habilidade em acalmar o ânimo dos mais agitados e consolar os deprimidos. O doutor, percebendo essa minha característica, prenunciou meu dom: cuidar das pessoas.

No hospital colônia, tornei-me uma pessoa importante. Não parava um minuto sequer, nem nos finais de semana.

Seguia o exemplo das freiras, incansáveis. Nas refeições, auxiliava os doentes com mais dificuldades, muitos eram alimentados na boca. A deformidade em minha mão não me impedia de, além de ajudar na enfermaria e trocar curativos, auxiliar na limpeza. Tudo precisava estar muito limpo sempre. O mais estranho era não importar o quão árduo e sacrificante fosse o meu trabalho, eu sempre tinha a sensação de não estar fazendo o suficiente, de precisar me esforçar mais.

Certa tarde, fui atropelada por uma lembrança de minha mãe. Eu e Matilde estávamos em casa quando escutei palmas no portão. Ela ouvia música alta e passava roupas na cozinha. Eu não podia abrir a porta para estranhos, tinha apenas nove anos, mas as palmas foram ficando cada vez mais fortes e eu já vira aquele homem outras vezes, embora não soubesse quem ele era. Decidi ajudar, talvez fosse algo urgente, e ele não desistia de bater com força. Girei a maçaneta e abri a porta da casa, estava indo até o portão quando Matilde veio correndo e me colocou para dentro, em silêncio, bateu a porta e caminhou até o homem. Espiei a cena pela janela. Os dois estavam agitados, ele falava alto, mas diferentemente dos outros adultos, parecia ter uma cola na boca. Era um senhor bonito, a pele corada, os olhos verdes. A única coisa que não gostava nele era o bigode caído nos lábios e, nesse dia, seu tom de voz. Ele segurava a mãe de um jeito estranho e acariciava seus cabelos.

De repente, a mãe voltou apressada, eu pulei de susto, saí correndo e consegui sentar na cadeira da mesa de jantar a tempo, disfarçando a espionagem de segundos antes.

Ela estava agitada e feliz, entrou no quarto e trocou de roupa. Voltou com um vestido justo, amarelo de bolinhas pretas. Ficava lindo nela.

Antes de sair me chamou num canto da sala e disse:

— Você precisa guardar um segredo: mamãe vai dar uma volta rápida. Já é uma menina crescida e bastante esperta e não pode contar nada para o papai. Se contar vou ser obrigada a puni-la, entendeu? — repetia e apertava a minha mão esquerda a ponto de provocar um pequeno corte com a unha. A dor que senti foi desproporcional ao machucado. Quando alcancei a janela novamente, pude notar os dois se afastarem. Ele caminhava de forma muito esquisita, pernas abertas, quase caindo, a mãe precisou pegar seu braço para que não desabasse no chão. Fiquei com pena do homem e achei a mãe muito generosa. Naquela época, não sabia o significado das palavras embriagado e traição.

Naquele mesmo dia, no trabalho, o pai teve uma dor de cabeça forte e ficou tonto. O patrão recomendou repouso, estavam em uma fase delicada da construção de um edifício e, como chefe, sabia da precariedade da segurança. Luciano seguiu seu conselho e voltou para casa mais cedo, mas antes passou na farmácia e comprou remédio para dor. Entrou em casa segundos após mamãe ter saído. Sua cabeça latejava, não percebeu a ausência da esposa num primeiro momento, mas em poucos minutos notou a falta de Matilde. Eu estava no quarto tentando brincar com minhas bonecas e fiquei com medo de que papai me perguntasse sobre o segredo. Tirava e recolocava a roupa da mesma bonequinha várias vezes, muito mais vezes do que sabia contar, e ia repetindo aquela ação já automatizada, sem necessidade da minha atenção, me distraindo do temor. Medo de compartilhar o segredo e de ser punida. O segredo da mãe. Agora, nosso segredo.

Ouvi os passos do pai pela casa e depois se afastando, indo em direção à rua. Por um momento não ouvi nenhum ruído, até escutar o barulho de batidas de portas e gritos da mãe. Fui assustada até a cozinha e quase não pude acreditar ao ver o pai furioso segurando Matilde com uma das mãos e com a outra grudando o ferro de passar, ainda quente, em seu peito.

Escutei seu grito de horror. Por mais de uma semana foi o único som que ela emitiu. As primeiras palavras que disse foram em voz baixa, mas quase me ensurdeceram.

– Eu sabia que você era má, me arrependo de ter gerado você.

Gerado, do verbo gerar: proporcionar a vida.

Pensei em argumentar, a culpa não tinha sido minha, tinha guardado nosso segredo. Mas não consegui dizer nada. Tarde demais. As palavras e a raiva de mamãe já tinham me envenenado.

8

Quando o médico e pesquisador Felipe acordou, apenas uma faixa laranja muito estreita anunciava o amanhecer. Gostava desse horário, sentia-se vivo ao respirar fundo e ver um novo dia; mas outra vez dormira sozinho. A falta da noiva começava a incomodar seu corpo. Há dias não se encontravam, por motivos diversos, e para aliviar a saudade só restava lembrar-se das curvas de Patrícia, o que mais o atraía nela, e conformar-se em estar sozinho. De pé, antes de sair para sua corrida matinal, enquanto olhava pela janela, deparou-se com um pensamento recorrente. "Por que sentia-se tão solitário a despeito de estar noivo?" Em seguida, vestiu um casaco, fazia frio, amarrou o tênis e saiu de estômago vazio.

A corrida estabilizava suas emoções, aquietava os pensamentos, incrementava a circulação do sangue. Gostava de estudar sobre os benefícios da atividade física no corpo. A adaptação do sistema circulatório, a ampliação do movimento respiratório, o bombeamento extra de energia para os músculos, os efeitos a longo prazo e a sensação de bem-estar. A mente também serenava em meio aos hormônios liberados durante uma corrida, e naquela manhã era tudo o que precisava, sua cabeça, literalmente, fervilhava de pensamentos.

No dia anterior, pela manhã, recebera um telefonema urgente enquanto esboçava mais um artigo sobre a bactéria da lepra em seu laboratório abarrotado de livros. A secretária do instituto de pesquisa batera à sua porta com tanta força que ele, totalmente concentrado em escrever os últimos resultados de seu experimento, levou um susto.

– Doutor, doutor, venha rápido! O senhor não vai acreditar! É o secretário da Saúde, o doutor Paulo, no telefone. Ele quer falar com o senhor.

A secretária, uma senhora grisalha, de cabelos curtos, o aguardava.

– Vamos, doutor Felipe, ou o senhor acha que o secretário da Saúde tem a manhã inteira para esperar?

Felipe levantou-se tentando desviar de outras mesas, amontoadas de frascos de diferentes tamanhos, placas de agar e soluções especiais, microscópio e uma infinidade de pipetas. Quase tropeçou em um livro de capa dura deixado no chão por descuido.

– Calma, já estou indo. Não é tão fácil assim sair desta sala – disse, rindo. – A senhora sabe, por acaso, qual é o assunto? Não consigo imaginar o que a autoridade pode querer comigo.

– Não seja depreciativo, doutor, eu sempre lhe digo que o senhor é o mais inteligente deste instituto.

— A senhora gosta de mim...

O secretário foi breve, apenas disse ter um convite pessoal e o aguardaria no início da tarde, em seu gabinete.

Felipe, como de costume, chegou cinco minutos antes do agendado. Nunca se atrasava. Logo após o telefonema, organizara sua sala, na medida do possível, e fora para casa almoçar e trocar de roupa. No laboratório, sempre usava roupas mais surradas, pois preferia ficar à vontade. Para o compromisso, vestiu um terno azul-escuro e uma camisa branca, sem gravata.

O secretário da Saúde, como era previsto, foi logo ao assunto. Tinha um convite, na verdade um pedido, dissera. Felipe cuidaria dos pacientes com hanseníase no Hospital Colônia Itapuã. O atual médico, Ricardo, já comunicara sua aposentadoria à madre Ângela.

A solicitação o perturbou de uma maneira especial. Sentiu um desconforto no peito. Havia seis anos que incansavelmente estudava a doença e era um exímio pesquisador, mas a proposta do secretário incluía o cuidado dos pacientes. Tentou rapidamente pensar nos prós e contras, enquanto era observado, e, quanto mais pensava, mais dúvidas tinha. Após formado, dedicou-se à pesquisa, sentia-se mais confortável nos experimentos. O contato com pacientes graves o deprimia. Estava à frente de um impasse. Paulo aguardava a resposta.

Felipe foi sincero, embora rude.

— Com todo o respeito, doutor Paulo, não sei se posso aceitar.

Não fosse pelo sorriso parcialmente escondido em seu semblante sério, pela simpatia de seus olhos ligeiramente estrábicos, pelo ar experiente e ético, o secretário da Saúde teria parecido ofendido. Escolhera Felipe entre vários, precisaria negociar essa resposta.

– Pense com calma, doutor, eu espero até amanhã.

Naquela noite, a ideia do novo emprego agitou sua mente, dificultando a decisão.

– É claro que tenho conhecimento clínico para cuidar desses pacientes, não é essa a minha preocupação – disse para a noiva no telefone. – O problema é que no hospital colônia estão os doentes mais graves, os mutilados, os excluídos, e você sabe como tenho dificuldade com situações assim. Sofro com eles, não consigo estabelecer aquela distância mínima necessária. Foi também por isso que me atirei de corpo e alma na pesquisa, lembra?

– Qual é a dificuldade, serão só alguns anos, não foi o que ele disse? Na minha opinião você deve aceitar. Afinal de contas, é um bom emprego, o salário é justo, me parece até um cargo de confiança. Não deve perder essa oportunidade.

– Talvez esteja certa, mas tem mais uma coisa, importante: ficará ainda mais difícil de nos encontrarmos.

– Não se preocupe com isso, meu amor, estarei sempre esperando por você.

A noiva tinha razão, pensou enquanto exercitava os músculos. Seria um cargo importante, um salário alto. Fez os cálculos, poderia trocar de casa e de carro em meses. O secretário ficaria satisfeito, e isso era um estímulo em sua carreira. Sua família, assim como a noiva, certamente se orgulharia.

Parou de correr um pouco depois da metade do trajeto planejado naquela manhã. Como esperava, a corrida clareou sua mente. Chegou em casa e, antes de tomar um banho, após certificar-se do horário em seu relógio de pulso, ligou para a Secretaria da Saúde aceitando a oferta de emprego, precisava apenas de alguns dias para organizar suas coisas.

Se pudesse antever o futuro, não teria hesitado.

9

Graças à facilidade para os estudos, Ana foi bem-sucedida na faculdade. Estava adaptada ao convívio com a tia Francisca e mantinha o foco no prazer ao estudar. Inúmeras vezes trocou o convívio com as amigas e as festas por seus livros. Adquiriu o hábito de ler todas as noites antes de dormir e preferia a ficção à vida real. Ler tornara-se um vício saudável, mesmo tendo deixado de lado as inquietudes reais da adolescência. Quando não estava estudando ou lendo, trabalhava. Não escutava rádio, como os outros adolescentes. Não pensava em moda nem em roupas, somente o cabelo era cuidadosamente penteado e, graças aos cremes da tia Francisca, reluziam como se os fios fossem banhados a ouro.

Um dia, na saída da faculdade, nas poucas vezes em que andou sozinha novamente, pensou ter visto o suposto mendigo e entrou em pânico. Suas pernas paralisaram, e somente quando o vulto chegou perto reconheceu uma anciã. Ficou dois dias tendo pesadelos novamente. Pois justamente nessa época tia Francisca falecera de derrame. A imunidade de Ana despencou e foi o estopim para a entrada do *Mycobacterium leprae* em seu corpo.

O microrganismo silenciosamente explodiu em seus nervos, tal como um curto-circuito. As manchas na pele não foram notadas por muito tempo, Ana estava sempre estudando e trabalhando, mal dormia, sua alimentação era frugal, emagrecia a olhos vistos. Não percebia que as poucas horas de sono e a falta de comida tornavam seu estudo ineficaz e perpetuavam o círculo vicioso: quanto mais estudava, menos sabia.

Uma das professoras, a mais atenta e perspicaz, foi quem notou as manchas no corpo de Ana. Chamou-a no final da aula, sugerindo que a jovem procurasse um médico. Estava pálida, emagrecida.

– Não se preocupe, professora, estou cansada, não é nada.

– Ana, leciono nesta faculdade há anos, sei diferenciar cansaço de doença. Por favor, sua negligência pode piorar as coisas.

A jovem insistiu:

– Não tenho nada, professora. Não quero parar de estudar agora, e ainda tem as provas do final do semestre.

A professora desistiu de argumentar.

– Não esqueça de que a avisei.

Semanas depois, Ana desmaiou no pátio da faculdade, no intervalo entre as aulas. Foi levada para o hospital, onde ficou internada. Teve alta, porém com o diagnóstico de lepra, sendo acompanhada até sua casa pelos agentes da saúde para pegar algumas roupas. Seria levada para o leprosário. Conhecia histórias de outras pessoas que foram, mas não queria acreditar que acontecia com ela. E seus sonhos? E toda sua luta para se tornar alguém? Chegando em casa, percebeu, pela primeira vez. Aquela construção de três andares nunca fora seu lar. O quarto, anteriormente dividido com tia Francisca, pareceu menor, quase inabitável. Escolheu algumas roupas aleatoriamente. Os olhos encharcados de lágrimas percorreram os livros empilhados por todos os cantos. Baixou a cabeça inconformada e, antes de sair, olhou para o frasco na estante onde Asdrúbal e Doroteia, imortalizados no formol, tinham sido sua companhia muda, seus cúmplices, testemunhas silenciosas ao longo dos anos. Então, como se fossem mais importantes que quaisquer outros vínculos afetivos, foram colocados com cuidado na bolsa de pano no lugar dos livros técnicos, inúteis a partir de então.

 Já na rua, olhou para trás e viu a patroa e a farmacêutica imóveis na porta. Dessa vez elas não dariam ordens. De longe, pareciam bonecas de cera, e assim permaneceriam em sua memória.

10

Paralelamente ao meu trabalho de enfermeira e toda a rotina de cuidado com a minha doença, sentia necessidade de me expressar. Queria pintar. Minha vida se resumia em trabalhar e esperar o dia seguinte, andava em círculos. A rotina tornava tudo automático. Pensava comigo: "Teresa, como vai conseguir o material para começar? Será uma ilusão? Vai ver e nem tenho vocação para a arte".

Ao mesmo tempo, tinha a fantasia de me tornar uma grande pintora e deixar todo o resto para trás. Levaria algum tempo para me libertar dos fantasmas da infância, do vazio, de meu apego em culpar alguém, especialmente Matilde, minha mãe, por minha falta de talento e de felicidade. Essa contradição invisível me acompanhou por semanas.

Até que Matilde apareceu de repente no hospital colônia. Não anunciou sua chegada e nem mesmo se identificou. Uma das freiras a abordou após observá-la por horas parada em frente ao pórtico da entrada. Vestia uma saia verde até os joelhos, uma blusa vermelha com estampa de cavalos pretos e umas meias brancas. No conjunto, não estava feia. Seu rosto era pálido. As rugas tinham se intensificado. Não sorria. Mas estava lá e, ao me ver, comportou-se como se tivesse me visto no dia anterior e falou:

– Vim pedir desculpas, minha filha, vim só para isto, por tudo de mal que fiz a você.

Seria verdade? Ela tinha consciência de seus erros? Haviam se passado tantos anos! Precisei me erguer sozinha, não tive apoio, sequer alguma notícia todo aquele tempo. E ela chegava assim, como se nada tivesse acontecido?

Estávamos paradas na porta da minha casa, ela despejando as frases apressadamente como se não houvesse mais tempo, com receio de se arrepender. Eu tinha tantas perguntas. Como ela estava vivendo todos esses anos? Por que não respondera minhas cartas? Por que só agora vinha me procurar? Mas não consegui dizer nada.

Então ela confessou abruptamente:

– Maria Teresa, preciso contar logo. Sei que há muito tempo não a vejo, mas agora é urgente! Você... tem um irmão. Desculpe por tê-la privado do convívio com ele. Infelizmente, não sei onde ele está..., perdi o contato.

Um irmão. Minha mente começou a formular outras perguntas. De que idade? Onde estava, o que fazia? Tinha filhos? Era casado? Que rosto tinha? Magro? Feliz? E por que o segredo?

Entrei em casa e me sentei à mesa da sala, Matilde ficou parada na porta.

Eu tinha um irmão. Um irmão sem rosto. Então peguei um papel qualquer e um lápis e materializei na folha em branco um rosto delgado, o nariz fino, os olhos castanhos, um sorriso expressivo. O rosto do meu irmão sem rosto. O início da minha expressão artística. Olhei para fora e vi mamãe indo embora, assim como veio, sem dar explicações ou se despedir. Sumiria de novo. Mas dessa vez seriam apenas dias e não anos.

* * *

A partir dali, passei a viver quase uma obsessão. Desenhava e pintava ignorando a hora do dia e, também, a fome. Só era vencida pela tontura, apelo infalível do meu corpo para me alimentar. E mesmo assim, nos primeiros dias que se seguiram à descoberta daquele dom, comia em meio às tintas e, por descuido, até cheguei a ingerir arroz tingido de laranja.

Muitas vezes, quem me levava comida era André, o jardineiro ovolactovegetariano. Ele rapidamente me convenceu das vantagens advindas da prática de evitar a ingestão de animais mortos e do conceito da não violência. Como um presente por eu ter tomado tal decisão, minha sensibilidade aumentou; meu corpo, livre do sofrimento alheio, servia de veículo para o belo. Desfrutávamos de deliciosas massas, uma variedade de cereais e de frutas. André cozinhava com o mesmo prazer dedicado às suas plantas, a comida era saborosa.

Minha forma de expressão era a pintura, afastei meus demônios e comecei a entender a vida. Precisava fazer as pazes com meu destino e tentar perdoar minha mãe, que sumira novamente.

Aos poucos, fui diminuindo as horas como enfermeira e desfrutando algumas vantagens por aqueles anos de trabalho árduo com os doentes, ao lado das freiras. Com bastante disciplina, iniciei uma nova rotina: pela manhã, na hora em que o sol ainda não aparecera, eu levantava e, em jejum, fazia exercício, caminhando pelas ruas. Na volta, arrumava a mesa da sala para o café, enfeitava-a como se fosse ter visita e comia com calma. Respeitava cada momento de minha vida como se fosse único: uma grande verdade, que aprendi intuitivamente. Após o café, tomava meus remédios, verificava a organização da casa, orava em silêncio e ia para a enfermaria trabalhar junto aos doentes. Nessa época, voltei a almoçar no refeitório, para ter companhia, embora escolhesse a alimentação com muito cuidado, rejeitando a maioria. À tarde, ia para a varanda de casa, colocava meu cavalete e, mesmo sem técnica, pintava. A janta voltava a ser uma refeição solitária, mas reforçada, e após o jantar, eu estudava técnicas de pintura e enfermagem, alternadamente.

***

Recebi a notícia da substituição do doutor Ricardo numa manhã de inverno, acordei assustada com o barulho das batidas na porta. Ainda era cedo, mas ele estava lá ansioso para me contar o quanto estava cansado daquela vida, decidira se aposentar. Tinha conhecido alguém, iria atrás de um sonho, formar uma família, uma vida mais leve. Havia um colega mais jovem, bem preparado, com entusiasmo suficiente para substituí-lo.

– Não me olhe assim, Teresa, tenho certeza, vai gostar dele. Não o conheço pessoalmente, mas sei de suas pesquisas na área. Ele não tem muita prática com os doentes, mas dizem que é gentil e humilde o suficiente para se aperfeiçoar. Falei em você para ele por telefone, ficou satisfeito de saber da sua existência para auxiliar na parte prática. Teresa, você conhece tudo por aqui e será de grande ajuda!

Doutor Ricardo me acompanhou no café. Depois, não nos vimos mais. Foi embora naquela manhã mesmo, deixando muita saudade e o eco de sua voz repetindo: "Será o braço direito dele". Pensei: "E o esquerdo? Será que esse novo doutor (como era mesmo seu nome?) sabia sobre o meu braço esquerdo? Minha limitação e deformidade?"

Nessa noite, ao deitar, no silêncio, perdi o sono. Desejei ouvir um pouco de música, mas a única vitrola da cidade ficava no pavilhão das diversões, fechado àquela hora. Estava muito triste. Ricardo tinha se tornado a pessoa mais importante para mim nos últimos anos. Quem me salvou, apostou em mim e ensinou com dedicação praticamente tudo sobre o trabalho de enfermeira. Chorei muito e, cansada, dormi ao som dos primeiros pássaros da manhã.

11

Segundo os colegas de faculdade, Felipe era introvertido, falava raramente e, quando o fazia, exagerava nas metáforas. Os mais íntimos diziam que, a despeito da timidez, ele gostava de ser sarcástico. Algumas vezes, interrompia a aula com citações filosóficas indecifráveis pela simples diversão de enxergar o semblante confuso dos colegas e a indignação em alguns professores. Lia muito, estudava horas e horas, numa disciplina além do necessário. Nunca se contentou em aprender o que era ensinado, estava sempre à frente e, por vezes, chegava a saber mais do que alguns professores. Quando criança, pensara em ser engenheiro (como o único irmão, mais velho) antes de decidir pela medicina. Profissões completamente distintas. A primeira era um sonho de infância construído nas brincadeiras com o mano Sérgio. Ele o inspirava, dizia que era a profissão mais importante e, afinal, todas as pessoas necessitam de lugar para morar: os empresários e os advogados precisavam de espaço físico para trabalhar, as crianças, de escolas, e assim por diante. Quando Felipe fez dez anos, teve a ideia de construir sozinho uma casa na figueira do pátio, mas foi persuadido pelo irmão a apostar a empreitada em um jogo de moedas, cara e coroa. Optou pela cara e perdeu. Fizeram a casa com a ajuda do pai. Construíram-na no entardecer, quando este voltava do trabalho, e nos finais de semana. Foram momentos mágicos, vivos em sua memória por anos, até o dia em que começaram a se dissolver nos labirintos do destino.

No último ano da escola, poucos meses antes do vestibular, a mãe entrou no quarto dos irmãos com uma autoridade inédita na voz. Pediu para conversar a sós com Felipe. Sérgio não disse nenhuma palavra, enquanto chutava o pé da escrivaninha onde fazia seus trabalhos de cálculo para a faculdade. A mãe usava um vestido azul com uma gola redonda e um cinto de couro. Felipe notou as marcas do tempo em seu rosto. Estavam escutando música alta, ela se aproximou do aparelho e girou o botão para a esquerda, deixando um silêncio denso no ar. Ele nunca tinha visto a mãe tão séria, imaginou que ficara doente. Só podia ser, estava mais magra e havia manchas negras abaixo de seus olhos. Na noite anterior nem tinha feito a janta, fizera uns sanduíches e demorara muito para limpar a cozinha. Felipe, preparando-se para o pior, recostou-se de forma mais confortável na cama onde estava sentado, notou uma sensação de gelo concentrada na área de seu estômago, dobrou as pernas, abraçando--as, inspirou e sentiu-se preparado para ouvi-la.

– Filho, querido, estive pensando muito em seu futuro nos últimos dias. Eu e seu pai já estamos ficando velhos...

Felipe tossiu e pediu desculpas, estava com receio da conversa. A mãe prosseguiu.

– Sabe, filho, o Sérgio vai ser engenheiro, ele é alto e forte, sempre foi bom em matemática, mas você, Felipe, é frágil, sensível e amoroso. Devia ser médico, combina mais com você. Ajudaria as pessoas de verdade, seria importante. Sabe, quando jovem, quis ser médica, mas engravidei do Sérgio e, além disso, nunca fui estudiosa como você, filho.

– Médico, mãe? Mas é muita responsabilidade. A vida de uma pessoa. Ah, seria mágico poder curar, mas não sei se eu teria condições...

– Filho, a responsabilidade existe em qualquer profissão. Pensa bem: se um dia, Sérgio construir uma casa ou, pior ainda, um prédio com defeito, pensa bem... um desabamento...

O resto da conversa foi esquecido naquela mesma noite. O sono não veio. A voz da mãe sugerindo a profissão de médico preencheu todos os espaços do quarto e ecoava como impregnada no ar. Preferiu não falar mais no assunto, mas não deixou de pensar um minuto sequer. Na hora de fazer a opção de curso no vestibular, fez um x em Medicina. Foi a primeira vez que viu luzinhas brilhantes anunciarem um soco em sua cabeça. O início de suas crises de enxaqueca.

* * *

Doze anos após ter feito o juramento de Hipócrates, do qual lembrava cada palavra, Felipe entrava no leprosário em Itapuã, voltaria a atender doentes, mas sem deixar a pesquisa de lado, pois essa o fascinava.

A primeira impressão, ao visualizar o pórtico do hospital colônia, foi a de estar entrando em um filme. A noiva o levou de carro, numa viagem agradável de alguns quilômetros.

– Será que tomei a decisão certa? – falou em voz alta, mas Patrícia já havia manobrado e partido.

Era um domingo silencioso demais. As ruas estavam desertas, o vento era morno e denso. Não tinha se informado detalhadamente sobre o leprosário antes de ir e, embora fosse previsto que os pacientes vivessem em ambiente separado dos sadios, aquela divisão entre a área limpa e a suja, anunciada pelo segundo pórtico, o surpreendeu. Chegou mais perto para olhar. O pórtico da entrada na área suja, onde viviam os doentes, dizia: "Nós não caminhamos sós".

Atônito, cruzou a rua sem precisar olhar para os lados, como a mãe alertara tantas vezes quando era pequeno e iam passear no centro da cidade. No leprosário, não havia carros.

12

Depois de confessar, daquele jeito estúpido, ter outro filho, Matilde deu início às suas aterrorizantes aparições no hospital colônia. Parecia um fantasma. Entrava no leprosário não sei como, no meio da noite, e andava livre pelas ruas vazias. Talvez enganasse os guardas. Surgia de repente em minha porta. Não se anunciava. Encontrava-a quando saía de casa pela manhã ou quando intuía sua presença durante a madrugada. Eu acordava assustada, levantava da cama, abria a porta e lá estava ela. Entrava, sentava no sofá e, sem nenhuma cerimônia, começava a despejar sua história triste, independente do horário. Seus relatos eram desordenados e cheios de lacunas, mas se agarravam à minha mente como se estivessem vivos. Precisei reconstituí-los em ordem cronológica e preencher os espaços vazios.

Quando Matilde tinha cinco anos de idade, seu pai saiu de casa num fim de tarde para comprar pão e leite e nunca mais voltou. A mãe dela, minha avó Rosa, disfarçou o desespero e continuou a vida como se nada tivesse acontecido. Ainda naquela noite, esquentou pão dormido e fez chá para as filhas, escutou seu rádio, como de costume, deu banho nas crianças e colocou-as na cama. Na manhã seguinte, continuou sua rotina. Em nenhum momento, naqueles dias, e nem mesmo nos anos seguintes, mencionou o nome do marido ou sua ausência. Matilde chegou a pensar que talvez o pai nem tivesse existido e fosse uma invenção de sua mente. Em sua lembrança, ele era afetuoso, gostava de contar histórias, inventava fábulas sobre cavalos e outros bichos e lhe dera um gatinho ruivo, o Bira. O gato era real, disso tinha certeza, e foi sua companhia por vários anos. Aquela ausência criou um buraco. Um vazio grande demais para o corpo frágil de uma criança.

    Os anos se passaram e a convivência com sua mãe Rosa, incapaz de demonstrar afeto, foi ficando cada vez mais difícil. Para Matilde, o convívio era sufocante. Quando as duas estavam na mesma peça da casa, o ar ficava denso; era como se faltasse oxigênio. Sua angústia acumulou tanto quanto um copo de água cheio, incapaz de suportar o excesso.

    Então, aos treze anos de idade, minha mãe fugiu de casa. Saiu sem rumo ou planejamento. Num impulso, abriu a porta e foi embora somente com a roupa do corpo. Perambulou por horas até sentir fome e sede na mesma proporção. Não sabia para onde ir nem mesmo onde estava, eram ruas desconhecidas e começava a escurecer, o sol descendo aos poucos. Não lembrava a que horas tinha saído, mas fora pela manhã, logo após o café. A fome e a sede tornavam-se insuportáveis quando avistou uma obra, uma casa em construção. Viu dois homens trabalhando em um imenso salão vazio. Quando decidiu pedir ajuda a eles, não sabia explicar por que não batera na porta da casa de alguma família ou de uma igreja. A lembrança é de que precisava daqueles tipos estranhos, mesmo ciente do perigo; seu desespero não poderia ser acalmado por uma mãe cheia de filhos ou por um padre. Imaginou que aqueles sujeitos, ao contrário do previsto, pudessem acolhê-la como um pai abriga uma filha e não reeditar a rejeição sofrida.

Matilde despedaçou os nomes na memória e alguns detalhes. O homem mais velho tinha por volta de quarenta anos, o rosto vermelho e cheio, o hálito de álcool. Foi quem primeiro se aproximou, oferecendo um pão com mortadela e um copo de café quente. Ela comeu de pé e com medo, mas o segundo homem não era tão repugnante, tinha uns vinte anos a menos, o rosto liso, o cabelo longo e um tom de voz suave. Matilde confessou ter fugido de casa, não pretendia voltar, não suportaria enfrentar sua mãe, e pediu para ficar com eles. Os dois homens se entreolharam. O mais velho disse não; tinha família, mulher e filhos. O de cabelos compridos, sim, mas dividia um apartamento com outros dois colegas. Era perigoso, não tinha certeza se poderia protegê-la. Mamãe aceitou e em poucas horas estava num ambiente sujo, fedendo a gordura. Sentada num canto da sala, assistiu-os a comer fritada e tomar cerveja. Comeu os restos. Não dormiu naquela noite e nem nas quatro seguintes. Dormia de dia, quando os homens saíam para trabalhar. Não sofreu nenhuma violência física, mas sentia náuseas toda vez que um deles afagava seu cabelo. Ficava inerte nessas horas. Suportou poucos dias, estava tensa e exausta. Saiu novamente sem rumo. Vinte horas depois, foi encontrada por policiais, andando em círculos, desidratada. Se a vida de Matilde era ruim antes da primeira fuga, quando retornou, ficou ainda mais difícil. Não foi recebida por uma mãe normal. Em Rosa, a paranoia e a vontade de dominar a filha só aumentaram, tanto que recebeu uma licença médica para ficar em casa em tempo integral. Poderia, dessa forma, vigiar Matilde, que mesmo assim elaborou um plano de fuga. Embora Rosa mantivesse as portas sempre trancadas e não relaxasse nem na hora do banho (tomando-o de porta aberta a fim de monitorar seus passos), minha mãe encontrou um jeito de pular a janela da cozinha, no meio da tarde, apesar de morarem no segundo andar. Seu desespero e audácia, na mesma medida, fizeram-na primeiro estender a perna, como se fosse uma bailarina, para em seguida equilibrar-se como trapezista no delicado muro entre sua casa e a sacada da vizinha, onde havia de costume uma escada encostada. Aquela escalada, perigosa, era menos ameaçadora do que perambular na rua sem destino. Dessa vez sumiu por duas semanas.

    Minha mãe fugiu, ao todo, três vezes. Na última fuga, minha avó ameaçou prendê-la e levou-a a uma psiquiatra. Matilde foi medicada pela doutora e aos poucos foi se acalmando, mais por falta de energia, devido à medicação, do que por consciência do perigo. Aos dezesseis anos começou a namorar Luciano na escola, engravidou de mim com seis meses de namoro. Casaram-se, e Matilde saiu de casa pela porta da frente.

Se, por um lado, os relatos-relâmpago de minha mãe me entristeciam, por outro, me ajudavam a trilhar de volta o caminho do possível perdão. Toda aquela história, às vezes desencontrada e, quem sabe, mesclada de fantasias, me fez enxergar uma fenda na alma de minha mãe, como um jarro colado após quebrar. Não me surpreendia mais com sua falta de compaixão. Sua vida fora uma sequência de desafetos; como poderia ter feito diferente? Havia algo deslocado nela.

* * *

Foi nesses dias que conheci o novo diretor, Felipe. Mesmo de longe, antes de enxergá-lo com nitidez, compreendi que já o pressentira. Procurei na memória o rosto de meus parentes, devido à sensação instantânea de familiaridade, até perceber outro tipo de ligação. Uma antecipada intimidade nos unia além da presença física, e constatar isso me trouxe uma sensação de conforto, como saber da existência do mar sem precisar avistá-lo. Foi um alívio; tinha medo de não gostar dele, pois achava o doutor Ricardo insubstituível.

Felipe tinha cabelos curtos, ligeiramente em pé, de dois tons, o preto dando lugar ao cinza, mais evidente em duas entradas na testa. Seu olhar era enigmático e autêntico. Usava óculos de aros finos e parecia sério demais num primeiro contato. No decorrer dos dias, observei que sabia dar ordens sem ser arrogante, sem deixar de se impor de forma autoritária, se necessário. Rapidamente me acostumei com sua gentileza e me adaptei às suas exigências, assim como ele aceitou as minhas sugestões na rotina diária. Gostava da companhia dele, e ele precisava muito de minha ajuda. Voltei a trabalhar com os doentes em turno integral. Era incansável, atenta às queixas de cada um e às exigências de Felipe. Esquecia de mim mesma no meio de todas aquelas atividades diárias. A sensação de ser útil, somada ao esforço de parecer competente em todos os minutos, proporcionava uma sensação de alívio.

* * *

Subitamente, a morte veio me assombrar, levando minha paciente predileta. Era meu dia de folga e estava há horas tentando pintar, em vão. A inspiração não vinha. Eu dava uns passos até a frente de casa, olhava em volta, tomava água, comia, voltava para a tela e nada. Numa dessas idas até o pátio, avistei Felipe andando rápido, tenso. Faltavam analgésicos na farmácia do hospital e ele não sabia como acalmar a dor de uma paciente. Me ofereci para ajudá-lo, coloquei o jaleco de trabalho e o acompanhei até a enfermaria. Eu tinha meus segredos e, por ter vivido quase na miséria, sabia economizar, escondera morfina entre os soros guardados no armário. Imaginei Felipe me agradecendo, mas, ao contrário, ficou vermelho e, sem disfarçar a raiva, pegou o frasco de minha mão, dispensando a ajuda. Ele aplicou o analgésico na veia da mulher agonizante. Sentei-me ao lado da minha querida paciente e peguei em sua mão. Em poucos minutos, parou de gemer, mas o processo de partida durou horas de silêncio, apenas entrecortado pela respiração ruidosa e pausada, até o absoluto vazio.

Quando voltei para casa, uma fragilidade me invadiu. Sempre fui forte o suficiente para não vacilar, não perder o controle. Não me arrependo disso. O fato é que meus sentimentos, assim como meus nervos, vinham se tornando duros progressivamente. Até este dia, quando minha amiga recebeu a visita da morte e Felipe, com um gesto rude, retirou o frasco de remédio da minha mão e deixou clara sua desaprovação por eu ter guardado a medicação controlada. Foi como se um vidro fino, um invólucro, tivesse quebrado.

E assim, as lembranças voltavam a me espantar.

* * *

Eu tinha cinco anos e estava em casa, escutando uma das brigas de meus pais. Ele gritava. Mamãe soluçava e suas palavras não eram nítidas, pois trancaram-se no quarto. O pai tinha entrado em casa aos pulos, realmente furioso. Mamãe devia ter feito alguma coisa muito feia. Fiquei com medo que ele batesse nela e fui me encolhendo, encostei-me à parede para escutar melhor os gritos, o soluçar de mamãe, e cheguei a achar que podia ter contribuído para tudo aquilo. Rememorei cada minuto dos dias anteriores e nada, não consegui lembrar de ter feito algo errado. Não que isso tenha aliviado meu medo ou a culpa.

Praticamente não dormi aquela noite; os gritos ecoavam na minha cabeça. Mamãe estava em meu quarto. Depois da briga, me chamara num canto e comunicou "terá companhia para dormir". Arrumou seu colchão afastando uma dúzia de bonecas e se postou ali no chão, como se fosse seu lugar desde sempre. Quando acordou, me viu sentada no canto da cama observando-a e sorriu um bom-dia esforçado.

O café transcorreu de forma normal, ou o mais normal possível para aquele momento, o pai tinha um olhar de arrependimento e mamãe de resignação.

Era domingo e um almoço fora marcado na casa dos tios. A irmã do pai era casada com um alegre professor de educação física e tinham três filhos. Alexandre era o caçula, na época com quatro anos, Juliana, a mais velha, tinha quase doze, e Roberto, dez.

Desse almoço lembro apenas de uma brincadeira. Juliana teve a ideia: brincar de família. Cuspiu as palavras com pressa para garantir seu papel, seria a mamãe. Roberto apresentou-se como papai e Alexandre como o filhinho. Refleti por alguns instantes, anunciando: "Eu sou o ovo". Em seguida, me encolhi num canto da sala e lá fiquei durante toda a brincadeira. Um ovo com casca.

13

Ana foi levada a Itapuã. Nos primeiros dias não falava. Teresa fez várias perguntas, mas a moça estava muda, embora calma. Pelo menos obedecia a seus comandos. A enfermeira compreendia seu choque. Parou de questioná-la, aceitou seu silêncio e, quando decidiu conversar, não só cuidou de sua doença como ensinou-a sobre o funcionamento do seu novo lar, como se comportar com as freiras, como se proteger dos guardas, como se adaptar à nova realidade. O mais importante para Ana foi a segurança transmitida pela mais recente amiga e o carinho dedicado a ela.

Logo após sua melhora clínica, começou a trabalhar na farmácia do hospital colônia. Aos poucos foi se adaptando ao lugar e às suas novas limitações físicas. Depois de vários meses, já fortalecida, tornou-se a auxiliar do prefeito (na área suja). Gostava de leis e da política e aplicou todos seus anos de estudo ali, havia muito o que fazer para garantir dignidade na cidade onde sentia-se abandonada.

* * *

Ana e Teresa tornaram-se próximas. Quietas, lado a lado, no final de uma manhã ensolarada como tantas outras, estavam sentadas num banco da praça do chafariz, quando ouviram uns gemidos. A enfermeira foi a primeira a virar o rosto para olhar e, instintivamente, se arrepiou, embora não fosse inédito. Um dos doentes era carregado pelos guardas após uma fuga fracassada. Era um jovem bonito, tinha os cabelos e os olhos castanhos num rosto com pele bronzeada e ares de saúde. Ficaram sabendo mais tarde que chegara no dia anterior, mas não suportara nem mesmo um dia no hospital colônia e fugira durante a madrugada, num cochilo da vigilância. O jovem se debatia, revoltado. Quando Ana se virou para olhar, também ficou surpresa. O que ela avistou foi diferente de Teresa. Seus olhos arderam e as pupilas dilataram. Percebeu a alma frágil do homem dentro do corpo com músculos agitados. Anteviu uma fresta de futuro e, por impulso, pulou do banco e foi ao encontro do jovem. Anderson.

No momento em que Anderson pôs seus olhos em Ana, seus músculos se acalmaram. Os guardas afrouxaram a pressão em seus braços ao mesmo tempo, como se tivessem combinado anteriormente. Ana advertiu:

– Não o machuquem! Existem outras formas... Posso ajudar!

O jovem ficou surpreso com a segurança daquela mulher de aspecto frágil. O que mais o impressionou nesse primeiro contato foi a autoridade com que articulou as palavras, fazendo com que os guardas a atendessem.

Naquela noite mesmo, Anderson, reacomodado, quis agradecê-la. Procurou-a por horas, em vários lugares, e somente a encontrou porque antes cruzou com Teresa no caminho.

– Senhora, como é mesmo seu nome?
– Oi! É Maria Teresa, mas sou conhecida por Teresa. Você é o fugitivo, não é? – perguntou, reconhecendo o rapaz.
– Não me recrimine. Não sei como podem se conformar em ficar aqui. Meu nome é Anderson.
– Não se preocupe, no início é difícil, mas depois, como com tudo na vida, a gente se acostuma, disse a enfermeira.
– Acho difícil... mas, na verdade, queria saber onde está aquela moça, sua amiga, a que me ajudou com os guardas.
– Ana deve estar na enfermaria ou talvez, a esta hora, esteja na cantina.
– Não está. Já procurei.
– Na rua das casas gêmeas?

Anderson balançou a cabeça para os lados, já havia procurado por lá também.

– Na praça do chafariz?

Novamente a cabeça respondendo.

– Então não sei, sinto muito.
– Ok.
– Espere – pediu Teresa logo após o rapaz virar as costas.
– Talvez esteja na capela. Ela tem o hábito de rezar todos os dias. Sabe onde fica? Não? Vou lhe explicar.

Ana estava rezando, concentrada. Levou um susto ao ouvir a voz de Anderson.

– Como uma pessoa tão linda e delicada pode ter lepra? É difícil de acreditar... Preciso muito agradecer o que fez por mim hoje de manhã. Posso abraçá-la?

Ana sentiu-se um pouco estranha com a visita, mas não resistiu.

– Pode – falou tão baixo, precisando repetir. – Sim.

Ele a atraiu muito. Seu rosto era encantador, moreno, e a boca era perfeita. Os olhos castanhos brilhavam, mesmo ali no escuro. Um olhar tocando-a intimamente. Abraçaram-se; porém, contrariando o instinto, em segundos, ela desvencilhou-se e saiu de cabeça baixa. Deixou a capela dizendo estar muito cansada, ele não precisaria agradecer, ela fizera o que era preciso, só isso.

No banho quente, sentiu o conforto da água morna acariciando sua pele e desejou o toque daquele rapaz em seu corpo molhado. Gostaria que todos os acontecimentos prévios àquele dia não tivessem existido. Passaria uma borracha em seu passado. Vestiu um pijama e foi até a janela, a lua estava redonda e branca, transmitia paz. Em contraste, sentia o estômago apertado e a mente inquieta a projetar prós e contras tentando entender o que não compreenderia nunca, não de forma racional, embora o corpo todo soubesse desde o primeiro momento: ele era o seu par.

Não demorou para estarem juntos de novo. Encontraram-se por acaso, no dia seguinte, na mesma praça em que se viram pela primeira vez.

– Venha comigo, Ana, quero mostrar um lugar bonito. O único lugar decente nesse depósito de doentes.

Ela assentiu com a cabeça, mas ficou triste com as palavras. A revolta de Anderson não adiantaria em nada, não podiam mudar a lei. Enquanto não encontrassem a cura para a lepra, ficariam presos como pássaros numa gaiola; deveriam, portanto, aceitar a realidade. Havia esperança, Teresa estava animada com os progressos nas pesquisas de Felipe e outros médicos de países distantes. Ele via com euforia os resultados, estimava haver a cura em poucos anos.

Anderson pegou na mão de Ana e andaram juntos até o final da rua das casas geminadas, em um dos limites do leprosário. Pularam o pequeno muro separando a rua e o mato. Sentaram-se em uma pedra entre as árvores. Era uma vista incrível, a paz da natureza reinava ali, o dia estava terminando, a temperatura era amena e as cigarras cantavam. Anderson notou a respiração calma de sua parceira e se encheu de ternura. O tempo parecia congelado. Ficaram horas em silêncio, até escutarem o chamado para o jantar no refeitório.

Logo após o jantar, Anderson não a surpreendeu ao fazer o convite:

– Quero ficar mais um pouco com você esta noite – disse, e pareceu que seus olhos, de tão fixos nela, tinham perdido a capacidade de piscar. – Mas estou lá no pavilhão masculino, não temos nenhuma privacidade e, além disso, as mulheres não podem entrar... não é?

– Tenho a chave de uma das casas, perto de onde fomos há pouco.

Ana propôs, sem perceber:

– Poderíamos nos encontrar lá.

Quando se deu conta do que havia dito, rezou para não se arrepender. – Temos de ter cuidado ou nossa ausência será notada.

Anderson disse a primeira coisa que lhe veio à mente.

— Posso ir para a cama, fingir dormir. No meio da noite, vou ao banheiro e saio para nos encontrarmos. O que acha?

— Acho que não vai dar certo — disse Ana sorrindo. — Tenho uma ideia melhor.

— É por isso que odeio este lugar. Somos vigiados como bichos.

— Hoje é domingo, dia de festa no pavilhão das diversões. Aquele prédio ali.

Ana, apontando, prosseguiu:

— Em minutos estarão todos lá, dançando distraídos, a música estará alta e ninguém sentirá nossa falta. Mas terminará pontualmente às dez horas.

Olhou o relógio.

— São oito agora. Temos algum tempo.

— Tem bebida nessas festas? — perguntou o rapaz.

— Alcoólica? Não... Por quê?

Anderson não respondeu. Embora desejasse Ana, não bebia há dois dias e não tinha por hábito ficar com uma mulher sem estar alcoolizado. Ana estava voltada para ele, esperando uma reação, sem entender o porquê dele vacilar. Ele arriscou, perguntando se podia encontrá-la em meia hora, mentiu precisar urgentemente tomar um banho. Ela achou estranho, mas deixou combinado: a primeira casa da rua, lado direito. Seria melhor irem separados.

Quando abriu a porta para Anderson, confirmou de imediato a mentira sobre o banho, mas ele tinha um sorriso irresistível. Abraçaram-se e beijaram-se como se estivessem acostumados ao contato, até que o relógio de Ana apontou o horário de irem embora.

No segundo encontro, novamente na casa geminada, à luz do dia, as carícias se intensificaram. Anderson colocou as mãos nas pernas de Ana e, excitado, começou a despi-la. Ana lembrou do mendigo, do abuso, e começou a chorar. Anderson não entendeu.

– O que houve?

Ana não sabia o que dizer. Não teria coragem de contar a verdade. Como precisava de uma desculpa para o choro, disse que seu pé a estava incomodando.

Anderson interrompeu aquele momento e foi cuidadosamente retirar os sapatos e meias de Ana. Ficou chocado ao ver a deformidade de seus pés. A úlcera do calcâneo avançando para o dorso do pé direito e a ausência do quinto dedo. O rapaz tentou disfarçar o susto e o involuntário desprezo, prendeu a respiração e desejou não estar presenciando aquela cena. A moça era linda, tinha as feições delicadas, as mãos finas, o sorriso exuberante e uma maciez na pele que podia ser sentida mesmo antes do toque, mas os pés pareciam os de um monstro. Ana, percebendo seu desconforto, recolocou as meias e os sapatos rapidamente. Pediu licença para buscar um remédio e antes de sair escutou:

– Você volta? Espero aqui?

– Não, melhor vir comigo. Não pretendo voltar, preciso descansar um pouco.

Anderson assentiu, também precisava de um tempo e um copo de uma bebida forte.

Uma semana depois, transaram pela primeira vez. Felizmente Ana permaneceu de meias, estava frio e a temperatura baixa piorava a doença. Sua forma de lepra era a tuberculoide – Felipe havia explicado: se não cuidasse dos pés ou a medicação mais eficaz demorasse muito para chegar, poderia perder outros dedos. Anderson já se recuperara do susto, e sua vontade de ir para cama com Ana era maior que o aversão por seus pés. Além disso, já estava se acostumando a ver pessoas mutiladas em todos os lugares.

O relacionamento com Anderson fez Ana sentir alegria novamente e, não fossem os frequentes sumiços do rapaz, sua felicidade seria maior. Ele gostava muito de beber e sentia a necessidade de isolar-se; às vezes ficavam dias sem se ver. Nesses dias ela praticamente não se alimentava. Mesmo assim, pensou que a vida, enfim, seria boa para ela. Ignorou o vício de Anderson e o descuido com seu próprio corpo.

14

Eu estava distraída, organizando os medicamentos da enfermaria, quando Ana chegou vomitando.

– Teresa, me ajude!

Apliquei medicação em sua veia e coloquei um soro. Estava desidratada, nada parava em seu estômago há dois dias. Examinando-a, notei algo diferente em seu rosto. Encontrei espinhas onde semanas antes havia somente a pele sadia e lisa e também algumas manchas, diferentes daquelas da lepra. Eram mudanças sutis, mas minha memória visual, em segundos, transportou a mente para as páginas de um dos livros médicos que doutor Ricardo me presenteara. Gestação era o nome científico. "Criar vida no ventre" era minha definição predileta. Suspeitar daquela gravidez teria sido uma descoberta fantástica não fosse a situação em que nos encontrávamos. Éramos prisioneiras daquela doença estigmatizada e a criança sofreria as consequências. Eu não teria coragem de engravidar naquele lugar, sabia muito bem o que ocorria com o recém-nascido: era retirado de perto da mãe às pressas e levado para um preventório, um lugar onde ficaria longe de seus pais, uma medida para evitar a contaminação: o Amparo Santa Cruz – um outro hospital a quilômetros de distância. Ficavam lá, aos cuidados de alguma freira ou mesmo de um rodízio de várias delas, e, na imensa maioria das vezes, esperando eternamente uma adoção. As religiosas haviam optado pelo celibato. Mulheres que nunca seriam mães cuidando de crianças órfãs. Agora quem estava com náuseas era eu. Quando Ana melhorou, liberei-a para casa. Não disse nada sobre minha suspeita.

***

A Lei nº 610 era clara: "Art. 15. Todo recém-nascido, filho de doente de lepra, será compulsória e imediatamente afastado da convivência dos pais.". Havíamos decorado. Era nossa obrigação cumprir a lei. Eu e outras mulheres já tínhamos ajudado a acomodar algumas crianças em cestos de palha para serem levadas. Como consegui participar daquele ato sem nenhuma contestação? Não sei. Todos o fazem. É assim que funciona, a lei manda.

Mas naquela noite, após ter atendido Ana, tive dificuldade para dormir. Levantei-me da cama, saí para tomar um ar, caminhei pelas ruas abandonadas pedindo perdão. A memória dos rostos das crianças me acompanhava. Será que Ana e Anderson tinham consciência do que haviam feito? Tinham consciência de que estavam determinando a vida do filho? Uma criança que sairia do útero quente e seguro para rodar de mão em mão até parar em um hospital distante. Quem seria a figura materna que estaria responsável por alimentá-la, ensinar os primeiros passos, as primeiras palavras?

Quando retornei para o quarto, decidi: não deixaria o bebê de Ana ter o mesmo destino daqueles que ajudei a retirar do leprosário. Ainda não sabia o que faria, tampouco como. Nesse momento, a imagem das crianças órfãs foi desaparecendo e sendo substituída por outro fantasma. Lembrei de uma cena de quando eu tinha três anos. A imagem de minha mãe gritando, após uma nova briga com o pai: "É isso que você quer? Pois bem, vou embora, você nunca mais vai me ver. Na rua, eu vou ser mais feliz do que na droga desta casa". O pai irado, vermelho de raiva, eu no chão, tentando impedi-la, segurando suas pernas para que não saísse. O chute em minhas mãos: "Me solta. Agora". O barulho da porta batendo. Ecoando. Meus olhos pequenos apertados pedindo a Deus para não ficar só nunca mais. Recordei o desespero do abandono. O vazio. A ausência, como uma dor, e o pacto inconsciente com o sofrimento.

Permaneci atormentada por vários dias. Quanto mais pensava naquela criança que ia nascer, pior ficava. Ana parecia não ter consciência das mudanças em seu corpo, continuava vomitando com frequência e o abdômen começava a inchar. Um dia, comentou que consultaria com Felipe e eu disse:

– Não precisa, deve ser uma infecção intestinal, eu posso fazer um chá, logo você ficará bem.

Quantas vezes desejei estar enganada sobre aquela gestação. Mas de que adiantava esconder o diagnóstico dela? Como me envolvi daquele jeito com um problema que não era meu? Desejava impedir que aquela criança sofresse o abandono, sentia empatia única por aquele ser vivo. De tanto pensar em alguma saída, comecei a ficar distraída no trabalho, Felipe notou.

– O que está acontecendo com você, Teresa?
– Nada, só estou um pouco aérea. Deve ser cansaço, só isso.

Nessa época, tinha uma insônia peculiar, acordava pontualmente às três e vinte da manhã e não dormia mais. Ficava alerta, ruminando um jeito de impedir a retirada do filho de Anderson e Ana nos seus primeiros momentos de vida. Numa das noites insones, pensei em mentir que a criança havia nascido morta, mas precisaria de um falso atestado de óbito. Seria impossível conseguir um documento desses com Felipe. Lembrei de um médico idoso, substituto dele em alguns plantões. Qual era mesmo o nome daquele senhor grisalho no qual a idade tinha manchado os limites da ética? Não conseguia lembrar, não que ele não tenha me marcado, ao contrário, adivinhei sua índole nos primeiros instantes, quando o vi maltratar uma paciente acamada, mas achei que nunca recorreria a ele. Estava enganada. Tampouco lembrava seu sobrenome, e dessa forma não saberia como contatá-lo. Talvez a madre soubesse, mas como faria? Desisti. Não teria coragem de ser antiética.

A segunda ideia para livrar o recém-nascido do abandono seria trocá-lo por outra criança. Essa solução me espreitou durante os momentos do dia em que minha mente desfocava do trabalho. Vinha em imagens confusas, eu trocando pulseirinhas de identificação, transpirando, com receio de ser desmascarada, espantada com o mínimo barulho, uma das crianças chorando por intuir a confusão, eu provavelmente exalando o cheiro do medo e do antecipado arrependimento, porque não sou inescrupulosa, seria somente alguém querendo poupar o sofrimento de mais uma criança inocente. E então me ocorreu, quando terminei um curativo no pavilhão dos doentes e olhei o imenso morro de mato verde a minha frente, que essa opção também seria inviável.

Como trocar duas crianças? Quem seria a outra? As duas deveriam ir para o Amparo, não poderia chegar com uma só. Sentei-me, então, admirando o morro em busca de inspiração, quando uma colega me ofereceu um mate e contou os últimos acontecimentos do Hospital Colônia Itapuã. Tomei o líquido quente e me distraí com os coloquiais problemas do dia a dia. Nunca foi tão bom ter questões de rotina para me preocupar.

Mais tarde, durante o banho, tive a ideia de raptar a criança. Raptar era uma palavra forte. No dicionário, a definição é "capturar e manter (alguém) aprisionado, reclamando algo (geralmente dinheiro) em troca de sua vida". Ri de mim mesma em silêncio, não seria um rapto, não, mas a ideia de pegar a criança e no caminho desviar o trajeto e ir parar em qualquer outro lugar era viável. Parecia a única alternativa possível, embora me trouxesse outros desafios: 1. Precisaria que o cesto usado para carregar as crianças, ao contrário do habitual, levasse apenas uma. 2. Eu teria que fazer o transporte, ou alguém de minha confiança, auxiliado por mim, o que também não era a rotina, e 3. Para onde eu iria? Como sobreviveria? Um recém-nascido precisaria de leite, conforto, atenção 24 horas, eu não poderia trabalhar nos primeiros meses ou anos. Saí do banho e fui contar minhas economias, tinha o suficiente para ficar uns sete meses sem trabalhar. Foi quando me ocorreu um outro problema, e talvez o mais difícil de resolver. O dinheiro ganho no meu trabalho como enfermeira e, antes disso, como auxiliar de jardinagem, tudo custosamente economizado em anos, não valia nada fora dali. Era uma moeda própria. Inventada exatamente para esse fim, permitir o uso exclusivo dentro dos limites do leprosário, diminuindo os riscos de fugas. Agora, sim, tinha vários problemas a resolver nos próximos meses.

15

Ana parecia ingênua, mas não era. Desconfiou da gravidez e não entendeu por que Teresa não tinha feito o diagnóstico. Conversou com Anderson, ele achava a enfermeira estranha, ela preferia ficar sozinha em sua casa pintando, diferentemente da maioria das pessoas do leprosário, as quais, se não estavam trabalhando, sentavam-se para conversar na praça do chafariz. Comentavam as desgraças, pediam opinião dos outros e evitavam a solidão. Teresa, não. Ela tinha suas peculiaridades, seus segredos, e preferia não compartilhar; mesmo quando estava na roda do mate, escolhia as palavras, e quando percebia já ter ficado um tempo suficiente, levantava-se e saía, sem despedidas. Para muitos, era arrogante e se achava superior, mas Ana a conhecia o bastante para saber. O comportamento da amiga não era empáfia, era somente seu jeito genuíno de ser. Admirava-a. Teresa era uma das poucas pessoas capazes de sentir uma compaixão natural pelo ser humano.

Ela se dedicava a cuidar dos doentes de forma singular, tinha uma memória diferenciada, sabia o nome de cada um, seus gostos, suas preferências, o nome de seus familiares, e os tratava como se fossem velhos amigos. Limpava as áreas de necrose e fazia curativos conversando alegremente e tomando todo o cuidado; além disso, deixava tudo mais leve com seu sorriso. Tinha uma capacidade natural de identificar as qualidades e os defeitos das pessoas em poucos minutos, sendo uma referência em assuntos de ordem prática: como se defender de intrigas dentro do hospital colônia, em quem confiar, qual o momento mais adequado para conversar com a madre, para consultar o Felipe, etc.

Ana achou estranho a amiga não tê-la informado da gravidez, mas preferiu manter segredo até ter certeza. Desconfiava que Teresa fosse repreendê-la. Recentemente escutara a enfermeira falar sobre a retirada das crianças de forma crítica. Tinham visões diferentes, Ana concordava com o afastamento de seu próprio filho, por mais doloroso que pudesse ser. Seu maior medo era o de transmitir a doença. Nunca se perdoaria se isso acontecesse.

***

No dia do diagnóstico da gestação, após consultar Felipe e fazer o teste, Ana procurou Anderson para contar a novidade, mas não o encontrou. Imaginando uma nova fuga, não perguntou por ele para não fazer alarde. Quase foi tomada pelo desespero e, cansada, depois de muito andar, sentou-se na praça e teve uma surpresa agradável.

Uma das freiras veio avisar que sua mãe estava lá fora, perto do pórtico, para vê-la. Ana ficou alegre, tinha saudades. Levantou-se e caminhou com pressa. Emocionou-se ao ver Carla. Ela, por sua vez, olhou a filha e, em segundos, captou toda a beleza de uma mulher grávida. Não precisaram falar sobre a novidade, as palavras eram desnecessárias. Porém, Carla tinha um assunto difícil. A caminho do leprosário, tinha avistado Anderson fora dos limites do hospital colônia. Já quando o viu a primeira vez de mãos dadas com sua filha, percebera que teriam problemas com ele. Outra intuição de mãe. Confirmou depois, o rapaz bebia exageradamente.

– Ana, vi o menino Anderson no caminho.

– Mãe, ele não é um menino, você sabe, ele é o pai deste bebê.

E, aliviada, perguntou:

– Onde o viu, mãe? Estou procurando por ele o dia inteiro. Olha só como meus pés estão inchados.

Carla nauseou ao ver os pés da filha, a ausência do dedo, a necrose. Pela primeira vez se perguntou se a filha desenvolveria a doença se tivesse ficado em casa quando criança. Provavelmente não, pensou, já que ela e o esposo moravam isolados no campo e não sabiam de nenhum caso por lá. Lepra era uma doença da cidade, ouvira alguém falar. Afastados da metrópole, viviam sem contato com a enfermidade. Sua culpa inflou como um balão prestes a explodir.

– Mãe!

Mesmo afastada da convivência com Carla, Ana sabia muito bem o que significava aquele silêncio e o olhar parado. Intensificou o tom de voz para trazê-la de volta.

– Mãe, responde. Onde está o Anderson?
– Não muito longe daqui. É um menino, sim. Um menino que bebe demais e não sabe se cuidar. Sim, não me olhe desse jeito, ou você não sabe que o Anderson bebe? Vamos, Ana, me explique, como ele consegue bebida aqui dentro, como vocês permitem que ele esteja sempre assim, fugindo dos problemas? Como ele está tentando ir embora, se você espera um filho dele?
– Ele ainda não sabe, mãe, mas tem outro problema quando esta criança nascer...

Ana colocou a mão no ventre, engoliu a saliva e quase se engasgou. Depois de uma breve pausa, continuou:
– Tem uma lei, mãe. Quando esta criança nascer, será retirada daqui para ficar sadia e não se contaminar. Vão cuidar dela e ficará protegida desta doença maldita, mas eu não poderei ficar com ela.

Carla ficou em silêncio. Afastar um filho pequeno de uma mãe era uma covardia, independente do propósito. A noite estava chegando e o céu azul tingia-se de preto. Ana notou lágrimas em seu rosto, antes do vento secá-las. Carla ficou quieta e olhou-a profundamente. A filha ainda não podia imaginar o que uma mãe sentia quando alguém, a despeito da melhor das intenções, tirava um filho seu.

– Como retirada daqui? Vai para onde?
– Vai para o Amparo Santa Cruz, não muito longe.
– Ela não poderia ficar comigo e com seu pai?
– Mãe, primeiro ficará no preventório alguns meses ou anos. Depois sim, vocês poderão cuidar da criança.
– Não pode ficar comigo logo após o nascimento?
– Não até terem certeza de sua saúde.

— Entendi, a criança pode estar doente e nos contaminar.
Ana assentiu em silêncio. Quando retornava para dentro do hospital, após de despedir de sua mãe, viu Anderson voltando. Não tinha fugido, saíra para buscar bebida. Ana o recriminou, mas não queria brigar e estragar a surpresa. Estava grávida!

* * *

Ana e Anderson (novamente reconduzido e informado sobre a sua nova situação de pai) se casaram logo, antes da barriga ficar mais evidente, como se no leprosário, no meio de tanta gente mutilada, houvesse algum sentido em manter as aparências e casar virgem. Ganharam para morar, por coincidência, a mesma casa do primeiro encontro. O casamento foi simples e coletivo; outros pares comemoravam o fim da solidão. Era costume reunirem alguns casais para aproveitar a vinda do padre, muito solicitado em sua paróquia fora do leprosário. Ana não tinha parado para pensar, mas no fim da festa, quando o horário de silêncio estava chegando, lembrou que não teria uma viagem de lua de mel e isto a entristeceu de uma forma inesperada. Como gostaria de sair dali e viver uma vida normal, especialmente agora, que formava uma família. Mas tinha fé e já havia passado por tantas coisas na vida... Foi quando lembrou dos pintos no formol, Asdrúbal e Doroteia: não havia mais sentido guardá-los. No dia seguinte, bem cedo, antes de Anderson acordar, pegou o frasco, derramou o líquido na pia e enterrou os bichinhos no descampado com vista para a lagoa.

16

Amanheceu um domingo com céu cinzento e uma fina garoa. Acordei cedo, como de costume, e fiz um mate. Sentei-me no vão da porta da cozinha, com vista para o pátio, sorvendo a água. Estava tranquila, atenta ao simples fato de me sentir viva, apreciando o gosto amargo da erva em goles pequenos. Era um dia de descanso. Recapitulando meus planos de salvar o bebê de Ana do abandono, o primeiro desafio seria garantir a privacidade no transporte até o preventório, isso facilitaria em muito a fuga.

A palavra bebê, ao contrário de criança ou recém-nascido, que antes vinha usando para me referir a essa nova vida, trouxe consigo a imagem carismática de uma pequena. Se minha intuição estivesse certa, seria uma menina de sorriso amplo, doce, pele lisa. Fiquei imaginando suas coxas fofas, suas covinhas e a risada gostosa. Tive uma certeza, seria feliz mesmo quando ela chorasse ou tivesse cólicas. Imaginei seu cheiro após um banho gostoso de lavanda, ela em uma banheira de plástico batendo os bracinhos satisfeita com a água morna. Estava assim, distraída, quando ouvi Matilde chegar.

Ela se aproximou e me fitava:

— O que você tem, Maria Teresa? Está com cara de louca.

Começaram os elogios, pensei, sarcástica. Mas resolvi falar, tinha receio mesmo de enlouquecer.

— Estou pensando muito nos últimos dias. Tentando encontrar uma solução para um problema. Por acaso sabe o que acontece com as crianças nascidas aqui?

Ela balançou a cabeça.

— São retiradas logo após o parto e levadas para o Amparo Santa Cruz.

— Aquele outro hospital das freiras?

— Sim.

— E?

— Não acha horrível, Matilde?

— É triste, sim, mas não entendo por que isso a preocupa agora.

— Ana, minha melhor amiga, está grávida. Vai ter um filho em algumas semanas. E, o pior de tudo, ela concorda com o isolamento da criança.

— E tem como discordar?

— Na verdade, não. É uma lei.

— Teresa, conhece aquele ditado? O que não tem remédio, remediado está.

— Eu não acredito que está dizendo isso. Um recém-nascido longe da mãe, que futuro terá? Além disso, nem todos que entram em contato com a doença irão manifestá-la, provavelmente os remédios que Ana vem tomando já devem estar ajudando. Sabe-se lá quem cuidaria dele, alguma desajeitada freira que poderia deixá-lo cair?

– Nunca vi você tão perturbada, minha filha.

Ela me olhava.

– São crianças órfãs com pais vivos. É assustador! – eu continuei.

– E pensa em fazer o quê?

– Salvá-la! Impedir que saia daqui. Estou tramando um plano.

– Quer minha ajuda?

– Não, Matilde. Obrigada.

Ao terminar a frase, me recriminei por ter contado. Pensei em amenizar e alterar o tom da conversa, mas, como de costume, mamãe saíra como chegara, sorrateiramente, sem despedidas.

E eu continuei a elucubrar o plano de salvar a criança...

* * *

À tarde saí para caminhar pela Avenida Getúlio Vargas, na união entre a área limpa e a suja; precisava me exercitar um pouco. Fiz várias vezes o trajeto de exercício até que, cansada, imediatamente antes de iniciar um breve alongamento, me deparei com a beleza dos canteiros. Num segundo, o semblante do jardineiro invadiu minha mente e trouxe a esperança de solução para quase todos os desafios para a fuga com a criança. André gostava de mim, ajudei muito na horta. Provavelmente não se importaria de ser meu cúmplice; já havíamos conversado sobre a crueldade da retirada das crianças nascidas no leprosário. Lembrei de sua fisionomia triste me contando de uma vez em que precisou substituir o motorista que as levava ao Amparo Santa Cruz. Ele desconhecia a lei, imaginou que iria levá-las para um exame de rotina e ficou esperando para retornar ao leprosário. Foi quando uma das enfermeiras, estranhando sua demorada presença, explicou:

— Muito obrigado, senhor, como é mesmo seu nome? André? O senhor pode ir, as crianças ficarão aqui no preventório.

Diante do ar de surpresa dele, ela prosseguiu:
— O senhor nunca ouviu essa palavra?

O jardineiro negou com um movimento de cabeça.
— Preventório vem de prevenir, profilaxia, entende? Para as crianças não contraírem a doença. O senhor não as levará de volta para suas famílias. Elas ficarão morando no Amparo, aguardando adoção, ou simplesmente permanecerão aqui, longe dos leprosos. Ah, o senhor trabalha com os leprosos? E não tem nojo? Nem medo? Eu não poderia... Não concorda com a separação das crianças? Sinto muito, senhor, entendo que não saiba, mas é uma lei. O senhor conhece as leis? O senhor conhece o legado do Getúlio Vargas?

Ele desceu do carro e ela prosseguiu.
— Pois bem, vou lhe explicar. Foi o presidente quem mandou criar um órgão público para organizar a separação das crianças, e então fizeram esses lugares, os preventórios. Tem em várias cidades do país. Antes, algumas crianças permaneciam com familiares dos leprosos, mas

dizem que às vezes até abusavam delas ou que ficavam na rua mendigando, não era pior?

Essa conversa ficou gravada em minha memória. Na época não entendi o porquê, mas naquele dia a lembrança fez toda a diferença. Então, com a cabeça cheia de ideias, percorri cada canto do hospital colônia até ouvir os gritos dos homens. No campo de futebol, os doentes e os funcionários do leprosário jogavam compenetrados. Frequentemente formavam times separados, os sadios contra os doentes, mas nesse dia, estavam misturados. O mais importante era ter um craque no time. Embora existisse a área suja e a limpa, era impossível evitar completamente o contato. Fiquei por ali, perto da quadra, e demorei a encontrar meu amigo. Não sei se foi a ansiedade, mas não o enxerguei nos primeiros minutos, só o notei quando fez um perfeito passe para o centroavante, finalizando em gol. Os homens pulavam de felicidade. Não podiam se abraçar. Me sentei e assisti. O suor, os gritos, a satisfação, os palavrões, os insultos, as caneladas, o bate-bola, e fiquei pensando como o ser humano se adapta. Uma quadra. Uma bola. Uma turma de homens. Na beira de uma praia ou mesmo ali no leprosário, dentro do hospital colônia. Durante o jogo, não havia diferença entre eles. Estavam todos livres.

Após o futebol, compartilhei minhas ideias com André. Ele ficou empolgado em ajudar. Depois de algumas horas e muita conversa, elaboramos nosso plano: primeiro, após retirar o recém-nascido do ventre da mãe, cortar o cordão umbilical e limpar as vias aéreas, eu diagnosticaria, de forma fictícia, algum problema pulmonar. Enganaria Felipe, mas não tinha outra opção. A intenção era sair rápido com a criança, sugerindo que fosse para o Amparo, onde poderia receber o tratamento adequado. "Temos uma emergência", eu gritaria, e, por sorte, o jardineiro conhecia o caminho e estaria, coincidentemente, disponível naquele momento, na porta do pavilhão dos doentes. Diria que iríamos, imediatamente, para o Amparo, quando na verdade, nosso destino seria a casa de André. Eu e o recém-nascido moraríamos num minúsculo quarto nos fundos de sua casa na vila até conseguir um lugar melhor.

– Vai dar tudo certo – disse o amigo, devoto de Nossa Senhora Aparecida. – Ela zelará por nós, basta darmos os primeiros passos – prognosticou, convicto.

* * *

O dia do parto de Ana amanheceu ensolarado. Quando saí de casa, a luz do sol estava forte, atrapalhava a visão. Minhas pálpebras vibravam, tentando proteger os olhos, e retornei para buscar um chapéu. Era uma segunda-feira, o dia mais agitado da semana na enfermaria, quando, rotineiramente, além dos cuidados aos doentes, revisávamos as papeladas, os registros dos internados, as ocorrências do final de semana, e atualizávamos os óbitos. Estava indo para o trabalho quando vi Felipe correndo em direção às casas geminadas:

– A bolsa de sua amiga rompeu! – gritou ao me ver.

Senti o estômago gelar, saí à procura do jardineiro, com as pernas frouxas. Mesmo assim, meio trôpega, avancei pelas ruas. Por sorte nos encontramos. Ele, sabendo do ocorrido, foi para o pavilhão ao meu encontro, me puxou para um canto e retirou suas anotações do bolso. Carregava-as há algumas semanas, porque nunca se sabe quando uma criança decide vir ao mundo, me dissera. Recapitulamos nosso plano como se estivéssemos ensaiando uma dança pela última vez, minutos antes de entrar no palco. Felipe voltava acompanhado por Anderson, com a esposa nos braços.

– Chegou a hora, venha rápido me ajudar, Teresa. O filho de Ana está nascendo.

Preparei a sala de parto, grata por ter automatizado cada detalhe de minha rotina. Seria um parto normal, pelo visto. Ana gritava de dor. Coloquei-me ao lado de Felipe e, ao contrário das outras vezes, não prestei atenção nos movimentos de seus braços, fiquei absorta no seu rosto, mais precisamente no seu olhar. A emoção de ajudar a trazer uma vida ao mundo fez as pupilas do doutor dilatarem. Comovido, refletindo o sorriso nos olhos, me alcançou o bebê para as primeiras providências. Os pelos do meu corpo se arrepiaram com o choro enérgico. Era uma menina, tal como tinha previsto. Tudo teria transcorrido como o planejado, tinha decorado cada passo. Porém, quando vi Aninha nascer (este foi o nome que recebeu, naturalmente), a emoção foi grande demais. Esqueci tudo. Uma nova vida chegava, uma energia ocupando a sala inteira, apreciei a alegria de Ana, absorta em uma nuvem de felicidade. Minha inércia resultou no que mais temia. Uma das freiras entrou e pegou a menina, repetindo a rotina de todos os outros nascimentos no leprosário. Arrancou o recém-nascido de meus braços e afastou-a da mãe. Depois de levarem a criança, caí em prantos, para surpresa de todos na sala, e não fui capaz de finalizar o parto, como sempre fazia, aguardando pacientemente a placenta descer; uma colega assumiu meu lugar e, de onde eu estava, fiquei assistindo. Lembrei de uma gestante que sangrou muito, em um dos meus primeiros partos. Estava sozinha e o médico, doutor Ricardo, tinha saído para atender uma urgência. No início, não entendi que todo aquele sangue era anormal, até a paciente desmaiar; então, em ato contínuo, saí correndo para pedir ajuda. Por sorte, com muito soro e meia dúzia de bolsas de sangue, a paciente foi salva. Hipotonia uterina. Nunca esquecerei este nome. Olhei para Ana, parecia tranquila, em contraste ao meu desespero, e algo perverso dentro de mim imaginou a amiga com tal hemorragia, aquela imagem foi me acalmando e me trazendo uma estranha satisfação. Tardiamente veio a culpa pelo desumano pensamento e uma certeza, beirando a obsessão: iria atrás da recém-nascida no Amparo.

PARTE
II

1

Puerpério é o nome da fase que se inicia imediatamente após o parto. Os hormônios despencam violentamente, sumindo da corrente sanguínea sem deixar rastro da sensação de plenitude vivida dias antes. É o momento em que a mulher, principalmente na primeira gestação, pode apresentar ansiedade, medo e depressão. Além disso, o recém-nascido é a prova literal da fragilidade e vulnerabilidade do ser humano; se não for alimentado por alguém, morre. Se não receber a dose mínima de afeto, ou se a receber em excesso, apresentará sequelas emocionais para o resto da vida. Nesse período, a mãe, muitas vezes, tem fantasias: não será capaz de cuidar do bebê, nem o alimentar adequadamente, seu leite não será suficiente, etc.

No caso de Ana, essa fase foi pior. Não soube nada a respeito da filha no primeiro dia após o parto. Não tinha permissão para ir ao Amparo e, por segurança, não levavam os recém-nascidos ao leprosário. A notícia de que o bebê estava bem chegou no segundo dia, por meio de uma das irmãs que tinha ido ao preventório.

Os peitos de Ana incharam e parecia que explodiriam a qualquer momento. A pele começou a rachar e, na ausência da filha, apenas poucos pingos se libertavam dos mamilos, sem pressão suficiente. O humor dela também estava ingurgitado, à semelhança dos seios, e era frequente vê-la irritada caminhando pelas ruas do leprosário, a despeito da ordem médica de Felipe para que repousasse.

– Não estou doente. Prefiro trabalhar para não pensar. É para ficar em casa, doutor? Cuidando de uma criança que não está ao meu lado? Pois estou com medo de enlouquecer, doutor Felipe, não me force a ficar em repouso, por Deus nosso senhor.

Mas a tentativa de se manter ocupada não obteve sucesso, o choro vinha fácil, a qualquer hora do dia ou da noite. Pelo menos era um líquido que fluía.

Meses antes do parto, embora ciente da retirada técnica do filho logo após o nascimento, Ana estimulou Anderson a construir um berço. Ele também fez uma cômoda para colocar as roupas do bebê e um móbile de madeira repleto de miniaturas de animais. A habilidade de Anderson e a experiência como marceneiro, sua profissão antes de chegar ao leprosário, e especialmente seu esmero no detalhe, transformaram aquele móbile em obra-prima. O dom poderia ter alcançado seu propósito e conduzido sua vida por um caminho sadio e próspero, não fossem as frequentes decisões errôneas e a constante escolha pela bebida e pela vida aparentemente mais fácil.

O móbile perfeito não teria serventia ante do berço vazio e nunca pôde ser visto por alguém além de sua esposa.

* * *

Antes de completar uma semana após o parto, Ana piorou. Em uma tarde, sozinha em casa, em surto, fruto da psicose puerperal, colocou fogo nos bichinhos delicadamente esculpidos. Em sua fantasia, enxergou cada um deles em seu tamanho original e, em desespero, jogou o móbile no chão, derramou metade de uma garrafa de álcool e acendeu o fósforo. Por sorte, no instante em que a fumaça começou, Felipe a avistou, estava fazendo sua corrida vespertina. Conseguiu chegar a tempo, impedindo que o fogo se alastrasse. No início, não enxergou Ana encolhida e assustada num canto do quarto. Seu instinto e reflexo foram igualmente rápidos e eficazes em deter o fogo, e foi somente na calmaria, após o banho de adrenalina derramado na corrente sanguínea em momentos como esse, que Felipe a avistou com os cabelos desgrenhados, a roupa repleta de fuligem e os olhos arregalados. Reconheceu aquele olhar porque já o tinha visto em sua formação; tinha sido um estágio difícil aquele da psiquiatria, mas especialmente nesse dia fora extremamente válido, em segundos lembrou os ensinamentos de um de seus professores, o mais admirado, cuja imagem se materializou como se estivesse ali ensinando-o a abordar um paciente em surto, conduzindo-o a um lugar seguro até ser medicado. Nesse momento, Felipe decidiu internar Ana e medicá-la. Ela colocava em risco a sua vida, de seu marido e das pessoas próximas.

2

A notícia do surto de Ana e sua internação me deixaram arrasada. Há dias pensava em ir ao Amparo pegar a criança, mas então tive certeza. Quem mais além de mim poderia ajudar? Desta vez, resolvi poupar meu amigo André. No dia do parto, ele tinha me esperado apreensivo por quase uma hora, sem notícias. Seus nervos se tornaram muito sensíveis, ao contrário dos nossos, sucumbidos pela *Mycobacterium leprae*, e foi encontrado sentado na praça do chafariz com dores e câimbras. Melhorou somente quando soube que eu estava a salvo e a criança tinha saúde. Acreditava muito na força das palavras e teve medo. De tanto planejarmos a mentira de que a criança nasceria doente, Deus ou Nossa Senhora Aparecida poderiam ter se zangado ou simplesmente debochado de nós, surpreendendo com a possibilidade de o fictício tornar-se real.

Quem me ajudaria desta vez, para que eu ficasse com o bebê, seria Clara, uma colega que trabalhava no Amparo e vinha ao leprosário conversar com Felipe a cada dez a vinte dias para trazer o relatório sobre a saúde das crianças. Nos encontramos poucas vezes antes desse dia, mas sabia de sua admiração por mim, por toda minha luta contra a doença e dedicação à enfermagem. Imediatamente após Felipe examinar suas anotações e retornar ao atendimento na enfermaria, eu a abordei.

– Clara, preciso ir até o Amparo ver pessoalmente a filha de Ana. Pode me levar com você? Sabe que ela surtou e precisou internar?

– Soube sim, infelizmente. E você pode sair do leprosário?

– Oficialmente, não, Clara, mas já uso a Dapsona há anos e o doutor Felipe não achou bacilos vivos no último exame que fiz.

– Está bem, então. Nos encontramos em 15 minutos no pórtico?

– Estarei lá – disse, tentando disfarçar meu nervosismo.

Em casa, selecionei algumas mudas de roupa e coloquei-as em uma sacola. Para esconder o conteúdo, depositei umas compressas por cima.

Durante o trajeto, confessei a mentira: não queria apenas ver a recém-nascida. Compartilhei minha angústia em salvar a pequena e contei meu plano. Ela, que dirigia atenta em uma estrada precária, se assustou. Tocou o carro para o acostamento, desligando-o, e me olhou alarmada:

– Pretende roubar a criança? É isso mesmo? Não acredito, Teresa!

Então, iniciei meu discurso sobre a injustiça humana, o sofrimento daqueles inocentes, os traumas, as consequências para o resto de suas vidas. Falava com tanta emoção e convicção que Clara foi se acalmando, girou a chave do carro, fazendo-o voltar à estrada. Mesmo assim tentou, com vários argumentos, me fazer desistir da ideia. Achava muito perigoso. Podia estragar minha vida. Perguntou:

— Como vai viver o resto da vida? Uma fugitiva?

— Estou ciente dos riscos — disse a ela.

E estaria mesmo? A emoção me cegava.

Chegamos. Embora Clara não achasse correto, por alguma razão, me ajudava. Eu não conhecia o Amparo, mas ela me conduziu ao lugar onde ficavam os recém-nascidos. Vi bebês em berços simples dispostos em filas indianas, num espaço retangular com paredes de um branco já amarelado. Havia choros de vários timbres e cheiros, destacando-se o de vômito azedo. Precisei sentar um pouco e respirar fundo para clarear o pensamento. A nova enfermeira, chefe do plantão, perguntou o que eu fazia ali. Fui salva por Clara.

— Ela veio ajudar. Trabalhará aqui esta noite — disse, tentando ser firme.

A chefe hesitou por instantes. Perguntou se eu tinha experiência. Disse que sim, mas omiti o fato de morar no leprosário. Ela acabou concordando. Eu havia escondido minha mão sequelada atrás das costas e desenhado duas sobrancelhas sobre os olhos, escondidos sob uma franja improvisada.

— Sempre é bom ter ajuda extra.

Não demorou a dar ordens, havia muito trabalho a ser feito. Devo ter levado quase uma hora até achar a pequena de Ana, estava identificada pelo nome da mãe. Durante toda a noite, me dediquei a obedecer às ordens impostas, fui competente como de costume e, com o passar das horas, tornei-me imune ao que havia me chocado na entrada do berçário. Minha única preocupação era ficar a maior parte do tempo possível perto de Aninha, para ela se acostumar com meu cheiro e minha voz.

Quando a claridade ameaçou substituir a noite sem estrelas, me preparei para agir. O final do plantão se aproximava. Peguei Aninha no colo e já estava saindo quando uma colega me perguntou o que eu fazia.

– Vou dar um banho nela, a pele está azeda. Vomitou – improvisei.

Levei-a próximo à pia, peguei uma bacia, tirei o relógio do pulso e lavei a criança. Minhas mãos tremiam. Quando terminei, todos estavam se preparando para a passagem de plantão. Respirei fundo e me dirigi novamente para a saída. Precisava pegar a sacola de roupas escondida no mato ao lado do Amparo. Esperaria ali, escondida entre as árvores, até me sentir segura. Meu plano era voltar para Itapuã, mas não para o hospital. Iria para a vila; André tinha oferecido um quartinho nos fundos de sua casa desde a primeira vez que falamos sobre a criança. Ele não me abandonaria. Eu estava tensa, rezava para que a criancinha continuasse quieta. Quando alcancei a porta da rua, satisfeita por ter conseguido escapar ilesa, ouvi passos apressados na minha direção. Hesitei em olhar para trás, mas os passos me alcançaram. Era Clara, nervosa.

– Estão procurando por você, Teresa! Acharam seu relógio. Ainda não notaram o sumiço da criança, mas precisamos agir rápido! Desista, Teresa! – seu olhar suplicava.

Não tive alternativa. Impotente, deixei que ela tirasse Aninha de meus braços e a levasse de volta para o berçário. Escorreguei até o chão, junto à porta, e sentei, inconformada. Minutos depois, me alcançaram o relógio. Apertei-o contra a mão até estar sozinha novamente, e, ao sair, joguei-o longe, com raiva. Desapareceu na mata ao redor do Amparo, junto com meus planos.

3

Os dias em que Ana ficou no hospital, sob efeito de sedativos, passaram-se lentamente, e nisso a natureza é sábia. Foi um período suficiente para que, com a ajuda do doutor, ela iniciasse o árduo caminho da recuperação. Felipe, ciente de suas limitações, convenceu um amigo psiquiatra a visitar o leprosário para ajudá-lo.

Augusto estava em Porto Alegre quando recebeu o pedido do colega. No dia seguinte, chegou ao leprosário, junto com o sol. A cidade acordava cedo; o céu azul e a exuberância da natureza contrastavam com a imagem dos doentes deformados perambulando. Foi uma cena chocante, aquele primeiro impacto, mas quando encontrou o amigo no hospital sentiu-se comovido em poder ajudar. Usou seus conhecimentos de farmacologia para equilibrar as medicações, deixando Ana mais calma. Tentou fazer psicoterapia, mas não foi capaz de romper a barreira de sua mente, fruto dos mecanismos de defesa. O psiquiatra, entretanto, era especialista em medicamentos e não em curar a alma. Precisaria de uma psicóloga. Já a conhecia. Uma mulher diferente, à frente de seu tempo.

* * *

Dirigindo do leprosário de volta para a cidade, Augusto desviou do caminho para visitar sua mãe. Marga era psicóloga. Há meses tinha anotado seu novo endereço, mas a correria do dia a dia o impedira de verificar se encontraria o caminho; a velha senhora desenhara um mapa quase indecifrável; parou o carro e recorreu à sua inteligência, esmiuçando os detalhes. Quando avistou a casa de madeira no meio do mato, teve certeza de ter encontrado. Marga tinha deixado a cidade para viver em meio à natureza, lugar onde poderia respirar o ar puro.

A porta da casa estava aberta, Augusto entrou. O primeiro dos cinco sentidos a despertar foi o do olfato: um cheiro agradável de rosas e de ervas, uma mistura inusitada e atraente. Havia um pão caseiro recém-feito na mesa da cozinha, em um entorno de vida e acolhimento. Percorreu os cômodos da casa não só à procura da mãe, mas, principalmente, fazendo um inventário e lutando com sua mente julgadora a cada instante. Se, por um lado, estava alegre em ver a casa simples e acolhedora, por outro, seus princípios moralistas estavam aturdidos: como uma senhora de idade avançada poderia morar em meio ao mato, rodeada de nada, catando ervas como uma bruxa, longe da civilização? Quando chegou ao quarto, entretanto, seus pensamentos cessaram, ficou inebriado ante a enorme tela pendurada acima da cama. Era a figura de uma deusa indiana com a tez rosada, uma coroa de ouro na cabeça e vários colares também de ouro, a tradução da prosperidade. A deusa possuía quatro braços e sentava-se sob uma flor de lótus. As duas mãos de trás abrigavam outras duas flores de lótus, e as da frente exibiam as palmas; a de cima jorrava moedas de ouro e a de baixo estava vazia e aberta. Talvez Augusto estivesse há apenas alguns segundos na frente do quadro, porém, quando Marga o chamou, pareceram horas. Olhou para trás e viu a mãe, mais velha, os cabelos compridos com tons de cinza e branco, os olhos pretos, a boca de sorriso enigmático e o corpo magro. A figura a sua frente era a de uma velha esquisita e ao mesmo tempo acolhedora. Da senhora que o gerara restava apenas o semblante calmo e inabalável, de resto estava muito diferente da Marga de cabelos tingidos de preto e de olhar apagado que morava na cidade.

– Está admirando Lakshmi, meu filho? – disse, sorrindo. – Sabe quem é ela? A deusa do amor e da prosperidade.

– Mãe, mãezinha, me dá um abraço, estou com saudades – disse, virando-se para a porta, puxando-a com carinho, interrompendo-a em suas explicações sobre a deusa e direcionando-se à cozinha. – Vamos tomar um chá, estou louco para provar esse pão.

A mãe sorriu e o acompanhou, estava muito feliz em vê-lo.

– Augusto, querido, que bom ver você. Finalmente veio me visitar.

– Dona Marga, eu estava com saudades, mas vou ser honesto: o que realmente me trouxe aqui foi um pedido.

Falava como um psiquiatra, a mãe sorria apreciando a voz do filho, observando seu jeito rebuscado: escolhia as palavras como se estivesse falando com um paciente ou prestando um exame prático na faculdade. Descreveu resumidamente a vida das pessoas do leprosário e em especial a de Ana, com seu drama peculiar e motivo pelo qual estava ali. Marga escutou com atenção e entendeu o pedido do filho, mas explicou: embora fosse psicóloga, seus métodos atuais não eram científicos e tampouco comprovados e mesmo ela tinha dúvidas se conseguiria diminuir a angústia de uma mãe doente longe de seu filho recém-nascido.

– Para essa dor não há cura, meu filho – mas Augusto insistiu, sabia que a mãe tinha poderes especiais, uma intuição muito aguçada e conhecimento teórico.

Fora uma destacada psicóloga antes de ter se metido no meio do mato. Marga, porém, continuou ponderando: precisaria sair de sua casa, e onde ficaria no leprosário? Aquele não era um lugar de freiras? Seus métodos e ervas não eram nada convencionais e sua presença podia causar estranheza e atrapalhar, inclusive, a reputação do colega Felipe. Augusto parou de insistir.

Depois do pão e chá, Marga preparou um banho especial para o filho com água quente, óleos e ervas, em sua banheira rústica. Há meses Augusto lutava contra uma contratura muscular da raiz do pescoço até a metade das costas. O banho de infusões curou-o em minutos. Com os músculos relaxados, aceitou o convite da mãe, passaria a noite lá. Augusto estava na cama às nove da noite e teve o sono mais renovador dos últimos tempos. Quando acordou, com o som dos pássaros e o suave aroma do café, Marga estava vestida com uma saia longa verde e uma camisa branca de seda, como se estivesse indo ao consultório atender algum cliente. O cabelo longo preso em um coque lhe dava um ar civilizado, bem diferente da aparência de velha do mato de algumas horas atrás. Marga sonhara com a moça e, a despeito do que as freiras pudessem achar de seus métodos, sentia agora o compromisso de ir ao leprosário com o filho. Sonhara com uma menina de cabelos brilhantes como ouro atravessando uma rua escura, iniciando a caminhada como um anjo e retornando com uma sombra. O que acontecera, Marga não sabia. De imediato, quando abriu os olhos e relembrou o sonho, se dispôs a ajudar.

4

Alguns dias após minha segunda tentativa frustrada de "salvar" a criança, Clara me abordou na enfermaria e me levou próximo à área limpa para conversarmos. Era início da manhã. Seu rosto estava desfigurado, imaginei que tinha trabalhado a noite inteira.

– Teresa, você não vai acreditar... Em primeiro lugar, desculpe, não sei como aconteceu – e começou a chorar.

– O que houve?

– Tenho certeza, no começo do plantão ela estava lá. Eu troquei suas fraldas, brinquei com ela, dei mamadeira.

Inspirei fundo e ela continuou.

– Mas a noite foi tão agitada, as crianças chorando, éramos poucas para tanto trabalho, precisava medicar uma com febre, dar banho e alimentar os bebês, sem falar nas crianças maiores, agitadas na enfermaria ao lado. Sem querer eu cochilei sentada na cadeira. Não tenho certeza de quanto tempo foi, na verdade pareceram segundos.

Tentei acelerar o relato:

— O que houve com a pequena? Diga, Clara, está me angustiando, diga logo, por favor! Ela caiu do berço? Está com algum problema?

— Ela não caiu, Teresa. Ela simplesmente sumiu. Gosto dela, sabe. Me preocupo com essas crianças. Era final do plantão, eu estava exausta, me preparando para sair, de longe avistei-a no berço, parecia estar dormindo, me despedi mentalmente.

— Conte tudo, Clara, por favor!

— Quando eu estava no vestiário, trocando de roupa, notei um uniforme no chão. A princípio estava tudo bem, uma de nós, mais cansada, por certo, tinha deixado cair a roupa. Não me olhe assim, Teresa, vou me sentir melhor se explicar tudo direitinho.

— Sumiu? Como é possível, Clara? Ninguém viu nada?

— Vi o uniforme no piso do vestiário e ia deixar lá mesmo. Se quem o tirou não teve o cuidado de colocar no lugar correto, por que eu, exausta, o faria? Mas sabe, Teresa, tenho que fazer tudo certinho, e o que levaria, dois minutos? Então peguei a roupa nas mãos e minhas narinas chegaram a arder do cheiro forte e doce. A princípio isso não significava nada, qualquer uma de nós poderia estar usando um perfume, não é? Mas pouco antes estávamos próximas na troca de plantão, era aniversário da Marion, nós a abraçamos, todas juntas, éramos cinco, a noite inteira. Então me dei conta de que algo estava errado; se nenhuma de nós estava com aquele cheiro, quem teria usado um jaleco de enfermeira, e por qual motivo? Foi aí que resolvi voltar para o berçário.

– Mas Clara, antes de ir para o vestiário, você viu a pequena no berço, não foi?

– Vi, sim, vi mesmo, mas sabe, foi de longe, resolvi voltar de qualquer jeito, para ter certeza. Teresa, sou daquelas que antes de sair de casa volto umas três vezes para olhar se o fogão ficou desligado. Aquele cheiro estranho grudara no meu nariz; além disso, nós mulheres temos uma intuição, sabemos farejar quando algo não está bem.

– E então, Clara? Voltou para ver o bebê, e o que aconteceu?

– Não era mais o bebê no berço – disse, sobressaltada.

– Era uma boneca. Uma boneca de porcelana.

– Como assim, Clara?

– Teresa, é simples: alguém roubou a pequena e colocou uma boneca no lugar. Tem gente que gosta dessas bonecas, mas eu pessoalmente me incomodo só em olhá-las. Aquela perfeição e ao mesmo tempo falta de expressão das bonecas de porcelana. Já observou como são? Os olhos perfeitos, apáticos, o nariz fabricado, a boca carnuda, as bochechas rosadas... me deu até um arrepio. Amiga, quando vi aquela boneca tive certeza, dessa vez não tinha sido você.

Clara notou minhas lágrimas.

– Estou assustada. Mas você fez bem em me dizer. Contou para a madre?

– Ainda não. Pode ir comigo?

– Sim, vamos juntas.

Encontramos a madre Ângela na sala de orações, rezando com as outras irmãs. Ficamos em silêncio, aguardando que terminassem. Ela, estranhando nossa presença àquela hora, percebeu que havia algum problema. Nos levou para fora e questionou:

— O que houve?

Clara não conseguiu falar, começou a chorar.

— Irmã, a filha de Ana sumiu do Amparo — eu disse.

— Impossível! Ninguém me avisou.

Clara se recuperou:

— Acho que ninguém sabe ainda, madre. Tudo aconteceu agora, há pouco mais de uma hora, no final do plantão. E a pessoa que fez isso foi esperta, deixou uma boneca de porcelana no lugar da criança.

— Mas você não avisou a irmã de plantão?

Clara baixou a cabeça.

— Não. Me perdoe, fiquei desnorteada. Estou cansada. Vim para cá, avisar vocês. Ia direto à casa de Ana, mas então lembrei que está internada e muito abalada. Não tive coragem de contar para ela.

— E por que envolver Teresa nisso? Deveria ter vindo falar comigo diretamente.

Gelei. A madre não sabia da minha obsessão com a criança. Clara respirou fundo e disse:

— Teresa é a melhor amiga de Ana e conhece a senhora melhor do que eu. Ela está me ajudando a contar.

A madre se convenceu.

— O que vamos fazer? — perguntei.

— Vocês? Nada — disse a madre, e continuou: — Primeiro vou falar com as irmãs do Amparo e pedir sigilo. Em seguida, quero a opinião de nosso chefe da brigada. Eles precisam agir com discrição. Não quero escândalo, nem a imprensa.

— Quem avisa os pais da criança? — lembrou Clara.

— Já disse que a partir de agora deixem tudo comigo. Vá descansar, Clara, e você, Teresa, melhor ir logo para o pavilhão, os doentes estão esperando.

Eu e Clara discordávamos da madre, teríamos contado sobre o rapto. Se Ana estava doente, pelo menos Anderson deveria saber, mas não podíamos desobedecer. A madre exercia seu poder.

5

Quando viu Marga, a psicóloga, pela primeira vez, Ana não enxergou os detalhes de seu rosto, tampouco o brilho de seus olhos. Notou apenas um vulto feminino de saia. E nada mais. Ana recebia sedativos e analgésicos, mas sua dor não era física, e aqueles remédios, ao contrário de apaziguá-la, a afastavam ainda mais de seu centro, de seu íntimo, o único lugar onde poderia encontrar a paz. Por isso, nesse primeiro dia não havia nada para Marga. O trabalho dela só teria efeito sobre uma mente ativa e alinhada ao momento presente. O trabalho terapêutico seria árduo... Marga era conhecedora das técnicas, tinha permissão de seus mestres e possuía, além do dom, a capacidade inata para o amor incondicional, mas nada disso seria suficiente se Ana não estivesse disposta a livrar-se do sofrimento. Precisaria do consentimento e do empenho dela, porque cada um é responsável por seus atos e ninguém se liberta de traumas apenas pela vontade alheia.

Marga estava ainda parada em pé na frente da moça sedada e inerte pensando como faria para ir diminuindo os sedativos, se o filho Augusto e seu colega Felipe permitissem, sem que a moça acordasse agitada e assustada. Escutou, como um aviso, o som de pássaros próximos, e, numa fração de segundos, teve a ideia de usar a música para acalmá-la e permitir um despertar sereno. Levara seus discos e sua vitrola, itens indispensáveis para suas meditações diárias. Deu meia-volta, indo até a casa onde estava hospedada, e, mexendo em sua mala, pegou a vitrola, meia dúzia de discos, uma infinidade de ervas, óleos e essências. Voltou ao quarto da paciente, lambuzou seus tornozelos e punhos com óleos, ligou o aparelho e deixou uma música suave impregnar cada canto do ambiente. O som de águas fluindo. Ela emanou mentalmente algumas canções antigas e perfumou o lugar com aroma natural de jasmim, capaz de aliviar a depressão, estimular os sentidos e melhorar o humor. Se dentro da moça existisse a mínima abertura para a cura de seus males, aquele misto de cheiro, som e rezas conseguiria prepará-la para o trabalho psicológico que tinham pela frente.

Saindo do quarto, Marga solicitou a Augusto que fizessem uma reunião e chamassem também Teresa e Felipe para combinarem como trabalhariam juntos na recuperação de Ana. Precisavam agir em equipe. Felipe, com seus dons de médico clínico. Augusto, com o conhecimento profundo no mecanismo das drogas que imitavam os hormônios e neurotransmissores, e Teresa, com seu espírito calmo e conciliador, capaz de garantir o sucesso daquele tratamento tão díspar e ao mesmo tempo complementar.

Com exceção de Teresa, a equipe médica ainda não sabia do rapto.

***

Ana acordou calma com a diminuição progressiva dos sedativos. Provavelmente o som no quarto atingira também o seu efeito. Estava tranquila e com muita sede. Queria ver o azul do céu e sentir o vento no rosto. Foi seu primeiro pedido: sair do quarto. Caminhar e enxergar algo mais do que paredes brancas, manchadas, monótonas. Todos concordaram com as saídas do pavilhão dos internados, desde que Ana fosse acompanhada. Deveria retornar ao seu leito após o passeio. Ana mancava, seus passos eram lentos. A inércia do corpo tinha piorado a deformidade de seu pé. A terapia incluiu, também, técnicas respiratórias e corporais capazes de ancorá-la no presente. Não foi fácil acessar os traumas de Ana, havia camadas de proteção, como se usasse todas as roupas e cobertores possíveis para se esquentar num dia muito frio. A barreira era tão grande que Marga apenas conseguiu conhecer a história da vida de Ana, os acontecimentos externos. Quando tentava entrar na sombra, ela não permitia. Não queria mexer nas feridas do passado. Era um direito seu.

6

A atmosfera de terapia e autoconhecimento trazida por Marga fez Felipe repensar sua vida. Refletiu e esmiuçou cada canto de sua existência, iniciando pelo profissional, onde não demorou a constatar: estava no lugar certo e bem adaptado à rotina de trabalho, imerso em uma serenidade que a idade e o conhecimento trazem. Embora não fosse fácil morar no leprosário e enfrentar a doença e as mortes. Mas tinha canalizado parte de sua raiva para entender o ciclo de vida e a esperteza da bactéria que o fascinava. Seus experimentos avançavam a cada dia. Um bacilo fino, rico em lipídeos, driblando vários antibióticos. Aquela corrida mental atrás do invisível vilão da hanseníase, como se fosse um caçador inescrupuloso, alimentava seu raciocínio e astúcia e desafiava seu intelecto. Esse aspecto de sua vida nem precisaria ter sido verificado, sabia disso, estava satisfeito e bem-encaminhado.

Em seguida, Felipe passou a refletir sobre sua saúde. Apesar de ter músculos resistentes e saudáveis, sem gordura extra no corpo e nem sinal dela em suas artérias, a enxaqueca parecia ter se intensificado sem causa aparente, deixando-o mal-humorado e, por vezes, apático. No início, entupia-se de analgésicos, com alívio parcial; depois, procurava respostas na literatura médica, experimentava novas combinações de remédios, tentava de tudo, mas nada. Parecia que sua cabeça, ágil no raciocínio e extremamente ativa, tinha começado uma combustão por conta própria de tanto ser estimulada. Lembrou, então, de pedir ajuda ao seu colega Augusto. Ele era psiquiatra e saberia como ludibriar uma dor. Mas não, afastou o pensamento, não queria usar sedativos que pudessem interferir no seu raciocínio, seria um preço muito alto a pagar. Em sua imaginação, as drogas do amigo poderiam macular suas ideias, levando embora as melhores sinapses junto com a dor. Ultimamente estava se acostumando com o desconforto.

Seu método atual era sentir a dor e observá-la como se pudesse olhar de fora do corpo. Dessa forma, às vezes se distraía, até esquecer-se, em outras horas era impossível olvidá-la. Cada canto do rosto e de seu couro cabeludo pulsava, ao quase insuportável. Mesmo assim, deixava doer, como se desafiando um inimigo, enfrentando-o, pudesse inibi-lo. Por ora, era o que podia fazer; decidiu então passar para a próxima fase da avaliação, buscando verificar a harmonia em outros aspectos de sua vida.

Era a vez de rever seu relacionamento afetivo. Eis o aspecto mais sensível, o tendão de Aquiles. Tinha medo de se aventurar pelas emoções e ficar perdido para sempre, como quem se prende em areia movediça. Mas era preciso dar esse passo, rever suas escolhas, reencontrar o caminho.

No entanto, não sabia por onde começar. Lembrou então dos ensinamentos da psicóloga. Escutara as instruções a Ana: "Aquietar a mente, respirar profundamente, concentrar-se na inspiração, enchendo a barriga de ar e deixá-lo fluir no esvaziamento do abdome". Tentou, mas se confundiu todo, o ar entrava com a barriga para dentro e saía ao contrário, os pensamentos aumentavam e a confusão toda chegava a irritá-lo. Colocou, então, seu calção, um boné e um par de tênis. Era a única forma que conhecia de fazer a mente calar, e isso acontecia aos poucos. Lá pelos vinte minutos de corrida, os pensamentos iam se dissolvendo no ar, evaporando junto com o suor, ganhando o espaço.

Nutria um sentimento ambivalente sobre seu noivado. Em alguns momentos não tinha dúvidas, mas em outros era confortável estar longe de Patrícia. Quando estavam juntos frequentemente sentia-se sufocado. De súbito, a imagem da mãe doente apareceu-lhe como um clarão. Sua face de dor, seus gemidos, o sofrimento dos últimos dias. Lembrou da sua angústia diante daquela perda. Aquela ausência deixara um buraco. Ela desfalecendo aos poucos, ele sem conseguir fazer nada, seus colegas o afastando, vamos cuidar dela, fique lá fora, confie em nós. Mas eles falharam. E a mãe se foi. De repente tudo ficava claro, essa era a origem do pânico diante da possibilidade de se casar. E se perdesse sua esposa como perdera a mãe? Não queria reviver um sofrimento desses nunca mais. Não suportaria outra perda.

Retornou da corrida mais lúcido e exausto, entrou em casa e algo havia mudado. Abriu o chuveiro para tomar um banho gelado. Deixou a água escorrer em seu corpo como se limpasse por dentro também. Limpo de memórias ruins. Mas o medo estava colado nas células, precisaria ser retirado aos poucos. Ao término do banho, com uma sensação de leveza, sentou-se na frente da casa e preparou o mate. A erva, naquele dia, tinha um gosto diferente. Um gosto de futuro, a ser construído após a recente descoberta. E desta vez seu alvo não havia sido uma bactéria. Seu alvo fora sua sombra.

7

O segredo sobre o sequestro da criança me consumia. Sete dias haviam se passado e nenhuma notícia. Um silêncio sobre o ocorrido. Me sentia culpada. Numa caminhada, contei tudo para Marga. A psicóloga me ajudou a entender que a tentativa de livrar a recém-nascida do trauma era um modo de tentar curar minha ferida da infância.

Marga foi como um sopro de vida para todos no leprosário. Era daquelas pessoas cuja simples presença muda algo dentro da gente. Era impossível ser igual depois de conviver com ela. Uma sábia. Veio para curar Ana, e fui eu quem mais se beneficiou de sua presença. A inteligência de Marga deixava um rastro.

Com ela, aprendi sobre a feminilidade, a importância de a mulher acolher seu corpo, orgulhar-se dele, aceitar seus ciclos e seus dons, sentir-se merecedora. Era fácil para Marga falar desse jeito. Sua aceitação do feminino era nítida. Seu cabelo, olhos, o modo de falar e de andar expressavam o belo. Em sua simplicidade, ensinou-me tudo o que sabia, ciente de que seus conhecimentos precisavam ser transmitidos. Instruiu-me sobre o poder do feminino e a responsabilidade embutida nele. Sobre escutar a intuição. E ensinou-me especialmente como respeitar a natureza, a mãe do universo.

Eu absorvia tudo, como uma criança pequena ávida por ser alfabetizada. Queria ver o mundo pelos olhos dela, sentir a mesma paz, inspirar a mesma energia, enxergar a beleza em tudo e em todos, como ela. Mas eu não estava preparada. Dentro de mim habitava a dúvida, a ganância e a desconfiança. Interroguei-a sobre a maldade, a dor que os homens infligiam às mulheres, o abuso com crianças, os horrores de guerras passadas, as humilhações e a violência contra o feminino. Marga me escutou como se pertencesse a outro planeta e respondeu.

– Sim, é verdade tudo que você diz, o mundo está cheio de injustiças, fruto da identificação com o ego, a existência ilusória. Porém, tudo que acontece tem um propósito. Está tudo certo, todas as experiências são importantes para nossa evolução.

Um dia, inconformada, arrisquei:

– E nós, Marga? Como explica? Estamos isolados, doentes, esquecidos, à mercê do destino. Sabe como me sinto? Um fantoche. Um fantoche da solidão que me preenche.

Ela consentiu, disse entender minha impotência e mais uma vez me guiou no caminho:

– Olhe para dentro de você, com humildade e compaixão, identifique seus traumas, eles estão no comando.

Acolha-os e integre-os, sem se identificar com eles. Além disso, Teresa, já escutei Felipe dizer que sua doença não está mais ativa.

Nas primeiras vezes, senti certo desprezo por essas respostas; no entanto, lentamente aquela atmosfera de sabedoria foi me cativando e desfazendo meus preconceitos, minhas barreiras, como se elas fossem feitas apenas de gelo. Então, assim como a primavera desponta repentinamente após um inverno rigoroso e as árvores se enchem de cores e aromas de uma estação para a outra, eu iniciei meu processo de cura. Juntei os pedaços da minha história e a de meus pais, esmiuçando cada cena que me emocionava. Aos poucos, consegui entender. As falhas deles foram ações acontecidas à revelia, atos reativos. Talvez eu tivesse agido igual. Impossível julgar.

Outro dom que desenvolvi na presença de Marga foi o de contar o tempo de um jeito diferente do calendário e do relógio. Passei a pressentir as mudanças hormonais como um pescador advinha as alterações da maré e, a partir de então, o tempo era guiado pelo meu corpo. Atrelei os seus ensinamentos com os dos livros de medicina de Felipe e notei que, quando cultivava o silêncio, era capaz de perceber não só o dia da minha ovulação e as alterações sutis de humor, mas também se a época era propícia para a felicidade ou para a tristeza antes mesmo dos acontecimentos externos, como se os adivinhasse de antemão, como se na verdade o tempo não fosse linear. Aprendi a aceitar o momento presente. Nenhum outro instante de minha vida era tão verdadeiro e tão único quanto aquele que vivenciava. Por mais difícil que fosse. Isso me trouxe um pouco de paz.

Quando conversamos sobre o rapto da criança e meus sentimentos em relação ao acontecimento, Marga opinou:

— O mundo não gira ao seu redor, Teresa. Por isso não se culpe pelo que está acontecendo agora, muitas coisas estão longe do nosso entendimento racional.

Ela explicou que segredos como esse eram muito deletérios para a saúde mental de todos. Questionou também sobre a aparente calma no leprosário diante de algo tão grave e me fez prometer que falaria com a madre a respeito.

— Será que a madre falou mesmo com a polícia? Está tudo tão quieto por aqui... — ponderou ela.

Naquele mesmo dia, Marga comunicou que seu trabalho chegara ao final; já estava começando a ter problemas com as freiras, as quais a julgavam com o olhar, implicando com suas roupas e seus modos; quanto às suas técnicas de trabalho, já falavam em magia e coisas não certificadas por Deus. Confessou também sentir falta de casa, de seu ambiente próprio, do ar purificado após ser expirado por ela em suas meditações diárias. Felipe a levaria para casa, Augusto estava no Rio de Janeiro, em uma convenção médica. Foi uma despedida difícil, mas guardaria seus ensinamentos para sempre. Dessa forma, um pouco dela permaneceria no leprosário.

8

A conversa com a psicóloga me deu coragem para enfrentar a madre. Encontrei-a na igreja, de joelhos, embaixo do crucifixo afixado na parede.

— Com licença, madre Ângela. Alguma notícia sobre o sequestro?

Ela levantou e se aproximou.

— Nada. Nenhum pedido de resgate. Nenhum sinal.

— E a polícia? Não vejo nenhum movimento diferente no leprosário. Sete dias se passaram, irmã!

— A polícia está investigando somente no Amparo por enquanto. Começaram o interrogatório lá e logo devem iniciar aqui. Acredito que, em breve, será chamada.

— A senhora continua pensando em não contar para os pais?

— Sim, Teresa. Ana teve uma crise muito feia mesmo sem saber sobre o rapto. Colocou fogo na casa, por pouco não morreu. E Anderson é um rapaz perturbado. Um alcoolista. Já pedi que Felipe e Augusto o ajudem com terapia e remédios. Não acho seguro ele saber.

Fez o sinal da cruz e complementou:

– Rezo a Deus que encontremos logo o culpado e tudo isso se resolva.

– E os pais de Ana? Não foram mais visitar a neta?

– Foram no dia seguinte ao sequestro. Eu e o delegado conversamos com eles. Além da fragilidade da filha, o policial deixou bem claro que quanto menos pessoas souberem, mais fácil será o trabalho dele.

– Eles concordaram?

– Não tinham outra escolha. É isso, minha filha? Ou precisa de mais alguma coisa?

– Uma última questão, madre. A senhora permite que eu conte para o doutor Felipe?

– Eu mesma falo. Preciso deixar claro que ele também precisará manter o sigilo. Faça-me um favor. Encontre-o agora e diga que o aguardo aqui na igreja.

– Sim. Com licença.

Virei as costas e saí.

A autoridade da irmã me agoniava.

9

Antes de iniciar o trabalho na enfermaria, Felipe me chamou na sala do café e pediu que eu contasse minha versão sobre o desaparecimento da criança. Contei o que sabia, mas omiti minha obsessão e meus planos fracassados. Ele estava preocupado e impaciente. Desabafou:

– Com tantos problemas no leprosário, no meio de tantos doentes, do isolamento, das incertezas, acontece isso – me olhou incrédulo.

Dormi poucas horas aquela noite. Desde a notícia do rapto não conseguia relaxar. Nunca havia ocorrido um sequestro no preventório. E quem poderia, além de mim, ter tido aquela ideia? E se não fosse para salvá-la, seria para quê? Imaginei a criança sendo vendida para adoção ilegal, ou sendo maltratada, e tive um pesadelo com a boneca de porcelana. Ela era passada de mão em mão em uma roda de pessoas desconhecidas. Acordei sobressaltada, lavei o rosto e saí. Era noite ainda. Fui para o pavilhão dos doentes mais graves e comecei a atendê-los. O trabalho me fez bem.

Na hora do almoço, no refeitório, Felipe esperou, impaciente, eu terminar meu prato de comida e me guiou para fora, me alcançando um bilhete, escrito com uma letra bizarra, uma caligrafia maquiada. O papel estava dobrado em dois e seu conteúdo, à primeira vista, era desconhecido.

– O que foi, Felipe, por que está assim tão nervoso? Acha que é do sequestrador?

– Não sei. Vejamos – disse, me entregando o bilhete.

– Não tenho coragem. Pode abrir para mim?

Felipe concordou, abrindo o papel.

– MT. Alguém a chama assim?

– Maria Teresa, meu nome completo... – arrisquei.

– Tem um duplo sentido aqui, disse, lendo em voz alta: Maria Teresa. Menina Tranquila. Filha de Ana bem. Estou cuidando dela.

Fiquei chocada.

– Tem uma foto, pode olhar.

Peguei o bilhete e li em silêncio. Não tinha assinatura. Junto à carta, havia uma foto em preto e branco do bebê. Parecia mesmo bem cuidada.

– O que achou da foto? Parece bem, não? Saudável, né?

– Sim, Teresa, pelo jeito está bem. Me empresta de novo o bilhete.

Pegou-o com cuidado, examinando-o, como se procurasse algo além das palavras escritas, e me devolveu.

– Não reconhece a letra?

– Acho que não...

Ele insistiu:

— Tem certeza? Nenhuma pista?

— A letra não é completamente estranha, mas não consigo associar a alguém nesse momento. Onde encontrou a carta?

— No pavilhão dos doentes. Na mesa onde você faz as anotações após os atendimentos. Deve ser alguém conhecido. Mas por que esse bilhete foi dirigido a você?

— Não faço ideia — menti.

— Não me esconda nada, Teresa, por favor.

Seu olhar era de súplica. Então, contei minha obsessão em salvar a criança, disse que não concordava com o isolamento e confessei meus planos frustrados.

Felipe baixou a cabeça, movendo-a em sinal de negação.

— Não me recrimine e não conte para a madre. Por favor!

— Então me prometa que vai entregar esta pista à polícia.

Baixei a cabeça concordando.

Porém, no dia seguinte, quando interrogada, omiti. Como iria explicar? Confessando que tentara ficar com a criança sem a permissão dos pais ou das freiras? Como iria provar minha inocência? Tive medo.

10

Minha vontade era contar para Ana sobre o sequestro, mas era impossível desobedecer à ordem da madre e dos policiais. Já me arriscava muito omitindo o bilhete.

A amiga continuava internada. Quando entrei em seu quarto na enfermaria para uma visita, tive a sensação de que fingia estar dormindo. Fiquei em silêncio, retirei os sapatos e me sentei no canto do leito observando-a. Me assustei com seus gritos repentinos. Tentei ajudar, mas ela precisou ser medicada. Aquela cena me convenceu de que, por ora, era melhor não dizer nada sobre a filha.

Saindo do pavilhão dos doentes, avistei o chefe da brigada e outros dois policiais abordando Anderson. Fiquei de longe olhando e me perguntando como me intrometer sem ser inconveniente. Segundos depois, Anderson se afastou. Alcancei-o e perguntei:

– O que houve?

– Tem algo estranho, Teresa. O policiamento triplicou.

Antes, eles ficavam nos limites da cidade, preocupados com as fugas. Mas agora é assim, estão por todos os lados, se não cuidar, esbarrará em um deles.

– E o que queriam? – questionei, curiosa.

– Começaram a fazer perguntas estranhas. Onde eu andei nos últimos dias, se tinha licença para sair do leprosário. Onde eu conseguia bebida...

– E o que respondeu?

– Desconversei. Neguei. Não contei que saio de madrugada e vou até a vila buscar bebida. Que tenho um jeito de sair sem ser visto. Se contar me prendem e não posso ficar longe da minha esposa. Já sofro muito longe da minha filha.

Fiquei quieta.

– Tem notícias dela, Teresa? Sabe da minha menina?

Tremi por dentro.

– Nada – menti olhando para baixo. – Agora vou indo que tenho muito trabalho. Cuide-se, Anderson.

Saí apressada. Odiava mentir, mas não tinha alternativa.

Naquela madrugada, às três horas, Ana mandou me chamar. Com o sono pesado, demorei alguns minutos para entender o barulho, era uma das freiras batendo à minha porta. Abri um tanto irritada, estava frio e úmido, não queria sair da cama, mas era a primeira vez em anos que me acordavam daquela maneira. Imaginei a urgência. Ana estava implorando minha presença.

– Assim, no meio da noite? – questionei.

A freira assentiu. Suspirei fundo e disse:

– Já estou indo.

Quando saí, recebi o vento gelado. Visualizei a noite límpida e tranquila. O frio me despertou. Caminhei pelas ruas desertas do leprosário, onde cada passo construía minha história de vida. Era como se o hospital colônia me pertencesse, uma parte indispensável, um órgão novo em meu corpo.

Na claridade daquela noite de lua cheia, era quase possível enxergar um fio nos unindo em uma gigante teia de dias e noites. Tínhamos nossos dramas individuais, nossas profissões, uns ousavam ser felizes, a maioria sofria, os homens tinham o futebol, as freiras, a fé. Felipe tinha uma missão, e eu, uma compaixão por todos. Isso me movia a visitar a amiga desesperada pela ausência da filha.

Eu também sentia falta daquela criança, tentei salvá-la do abandono e infelizmente falhei, mas meu sofrimento não se igualava ao de Ana. O dela era físico. Como a dor de uma perna amputada. A sensação da presença de um membro inexistente. Um membro fantasma. Entrei no quarto com uma porção extra de amor no olhar. Ela me esperava de pé, tinha certeza, eu atenderia a seu chamado. Nos abraçamos. Ela, um pouco mais baixa e imensamente mais magra e frágil, acomodou seu rosto em meu peito. Não houve palavra, tampouco choro, somente aquele momento mágico de acolhimento.

Emocionada, tive novamente dificuldade em manter o segredo sobre o sequestro e fui embora rezando.

11

Matilde apareceu para me visitar. Estava mais magra, parecia faminta. Surgiu de repente. Era início da tarde. Eu gostei de vê-la, precisava me distrair um pouco de toda a ansiedade dos últimos dias. Convidei-a para entrar, passaria um café e faria um bolo de laranja. Ela sentou-se à mesa e me alcançou duas fotos, em silêncio. A primeira era a de um menino moreno sorridente.

– Meu irmão? – perguntei. Ela concordou. A segunda era do dia do casamento de meus pais. Peguei a foto do garoto, aproximei-a dos olhos, observei os detalhes de seu rosto, e, embora não encontrasse semelhança com o meu, tive a sensação de familiaridade, como se o visse diariamente.

– Matilde, pode me contar melhor essa história de irmão?

– Sim, Teresa. Tudo o que lembro e até onde sei.

Respirou fundo e iniciou:

— Nunca fui feliz. Seu pai, além de violento, era uma pessoa fria. Um dia conheci outro homem, quando estava contigo na pracinha. Gonzalo era seu nome. Um uruguaio. Me apaixonei por ele.

— Como assim??

— Não era difícil encontrá-lo com seu pai fora o dia inteiro. E, em casa, estava sempre cansado, parecia alienado a qualquer coisa exceto trabalhar, comer e dormir. Se tivesse café da manhã, almoço e janta prontos na hora certa era suficiente. E ficava satisfeito com uma relação sexual por semana, de preferência sem beijos e rápida. Eu gostava de sexo, e Gonzalo, com seu sangue latino e umas garrafas de vinho, saciava minha vontade sempre.

Continuei escutando.

— Eu cuidava para não engravidar, fazia uma ducha com água e vinagre e rezava. E, se engravidasse, ainda tinha a possibilidade de mentir que o filho era do seu pai.

Fez uma pausa antes de continuar:

— Gonzalo era um homem livre, um poeta, um artista. Eu entendia quando ele dizia não poder me assumir, que ficaria sufocado. É difícil morar com alguém. A cobrança do dia a dia, uma noite maldormida, uma comida um pouco mais salgada, qualquer coisa pode ser motivo suficiente para uma briga. Eu concordava. Tinha a sensação de que morreria sem ele.

Comecei a misturar os ingredientes do bolo, em uma agitação estranha, sem desviar a atenção dela.

— Como dizia, estava tudo bem, ou pelo menos, parecia. Até que seu pai começou a ter dores de cabeça e pressão altíssima. Foi ao médico uma vez, mas não tomava os remédios. Com o tempo, ficou impotente. Paramos de fazer sexo. Entrei em pânico. Imagina se eu engravidasse do Gonzalo, não poderia fingir que o filho era dele.

Matilde parou de súbito e, como demorou para continuar, coloquei o bolo no forno e me aproximei dela intuindo precisar de muita coragem. Me agachei para ficar na sua altura, segurei firme suas mãos e olhei fixamente em seus olhos. Ela disse:

– Antes de recomeçar, queria pedir algo a você. Tenta me perdoar? Sabe que não acredito em Deus. Estou velha e não gostaria de morrer sem o seu perdão e o do menino – disse, apontando para a foto.

– Sim.

Falei e levantei subitamente. Fiquei nauseada. Pressão baixa ou aquele cheiro forte de perfume da mamãe? Sentei ao seu lado, melhorando em instantes.

– Ele não é mais um menino, não é, mãe? Quantos anos já se passaram? Ele não tem nome? Meu irmão não tem nome?

Ela olhava para o vazio. Como não respondeu, eu continuei.

– Meu desejo é perdoar e conhecer meu irmão também.

– Viu como ele é lindo, filha? Ele é a cara do Gonzalo. Viu essa manchinha roxa no peito dele? Parece um mapa. Que saudade.

Iniciou um choro lento e contínuo, como uma chuva muito fina borrando o horizonte.

– Continue, por favor.

– Você sabe, eu me encontrava com meu amante frequentemente e fingia ser fiel.

Ela olhava para o vazio. Aproveitei para servir o café. Bebericou um pouco, colocou a mão na barriga e prosseguiu.

– Eu era bonita naquele tempo, minha filha. Chegou meu aniversário. Me arrumei, coloquei um vestido preto curto, saltos altos, uma pintura discreta. Depois de comer, eu e seu pai fomos para o quarto. Há meses não fazíamos sexo; a pressão dele estava sempre alta, e tinha as dores de cabeça... E, eu juro! Tinha notado o inchaço em minha barriga, porém achei que tinha engordado e neguei o atraso de minha menstruação. Mas naquela noite seu pai, ao me ver nua, acendeu a luz forte do quarto e deu um chute em meu ventre crescido, me derrubando. Quando consegui me levantar, notei que ele tinha ido para a sala. Não pensei. Em pânico, a gente não pensa. Eu simplesmente peguei umas mudas de roupa, coloquei na sacola e saí gritando que não voltaria mais.

Eu segurei o choro, não queria inibi-la, muito menos interromper seu relato. Precisava escutá-la até o fim. Conhecer a verdade poderia me libertar.

– Era noite e estava escuro. Antes de sair, peguei algum dinheiro da carteira dele e fui para a casa do amante. Gonzalo levou um susto quando me viu, contei sobre o chute na barriga e mesmo assim ele parecia não me ouvir. Andava em círculos e dizia: "Meu Deus, um filho, o que vamos fazer? Eu não tenho emprego fixo, Matilde, não me olhe assim, eu avisei, eu sempre falei". E me fez prometer que ao amanhecer eu voltaria para casa e pediria desculpas ao seu pai.

– Matilde, eu era pequena, lembro pouco, mas tenho certeza de que se passou um tempo, não foi? Talvez meses.

– Não voltei. E se ele me matasse? Lembra da vez que me queimou com ferro quente no peito? Isso foi anos depois. Lembra?

– Infelizmente. Na verdade, gostaria de ter esquecido aquele dia, mãe. E para onde a senhora foi?

Ela não respondeu minha pergunta.

– Sabe o que mais me doeu naqueles dias? Não foi o chute na barriga, não. Foi a reação de Gonzalo. Na verdade, ele também não me amava. Enquanto nos encontrávamos sem compromisso, tudo bem, mas quando implorei para ficar com ele e o vi me jogar de volta para meu marido, questionei tudo. O amor dele se desmanchou como bolha de sabão.

Repeti. – E você, foi para onde?

– Procurei Rosa, sua avó. A quem mais eu poderia recorrer?

Que ironia, pensei. Ela fugira três vezes da casa da mãe quando adolescente e precisou voltar... grávida do amante.

– Ficou todo o tempo na vó e não foi me ver nem um dia?

– Calma, Teresa, agora vem o pior.

Tomou o restante do café, já frio, como se fosse um remédio.

– Rosa ficou furiosa, por pouco não me expulsou. Acabou me acolhendo, afinal, era sua filha. Nessas horas o vínculo afetivo, quero dizer, familiar, é mais forte. Só que ela me convenceu a não ter a criança. A abortar.

Gelei.

– Como assim?

Matilde prosseguiu.

– Eu não tinha alternativa e Rosa era tão segura, disse conhecer um médico de confiança, alguém acostumado a fazer aquilo. Ela pagava. Era o certo, eu precisava pensar em mim. Ela fez tudo, ligou para a clínica clandestina, anotou todas as informações, os cuidados e fez até um pequeno empréstimo.

Suspirou tão profundo, achei que não pararia mais de colocar ar para dentro.

– A clínica era muito suja, minha filha, parecia um matadouro de boi. Uma senhora magra me pegou na sala de espera e disse para eu entrar sozinha. Me deitei em uma maca. Um homem grande, gordo, de avental branco se aproximou, pendurou minhas pernas para cima, pingou umas gotas dentro do meu útero e colocou um instrumento. Senti a dor do metal penetrando, dei um grito e desmaiei. Só lembro de acordar na minha casa da infância.

Eu estava muda, inerte, o cheiro do bolo me nauseou. Matilde ameaçou parar.

– Agora não. Vai até o fim. Não vai sumir de novo!

– No início, eu achei que tinham tirado o feto, mas com o tempo senti ele se mexer. Rosa marcou uma consulta com um ginecologista e o doutor confirmou, o aborto não tinha sido efetivado. Nessas clínicas clandestinas, qualquer coisa podia acontecer, o médico disse. Ele era um bom profissional, e eu cheguei aos nove meses de gravidez – disse, mostrando a cicatriz longitudinal que dividia sua barriga em dois hemisférios.

– A senhora falou que eu nasci por aí.

– Menti, minha filha. Seu parto foi normal.

– E esse tempo todo ficou morando com a vó?

— Sim, mas quando tive energia suficiente, voltei a procurar Gonzalo.
— Mesmo depois de tudo, Matilde?
— Não me julgue, filha. Eu era desesperada por aquele homem, mas ele foi desumano e me privou do convívio com meu filho.
— Como deixou isso acontecer? Não consigo entender.
— Quando o menino nasceu, pensei em voltar para minha casa, tinha saudade de uma vida normal. Mas confesso: eu só voltei para vocês quando Gonzalo me expulsou de vez. Ele arrumou outra mulher e colocou para dentro de casa. Comigo junto! Foi horrível, Teresa. Saí no meio da noite mesmo, sozinha. Seu pai me aceitou de volta. Até concordou que eu buscasse o filho para morar conosco.
— Mas não o levou. Por quê?
— Porque quando fui buscar a criança, a casa de Gonzalo estava vazia. Sem bebê, sem roupas, sem móveis, a casa estava nua.
— Que horror! E depois disso? Não o viu mais? Na foto ele tinha o quê? Uns seis? Sete anos?
— Vi Gonzalo mais umas poucas vezes. A última foi aquela em que ele foi até nossa casa. Não podia ter feito aquilo. Mas ele sumia do nada, assim como aparecia, cada vez bebia mais e nunca me disse onde estava morando. O menino, eu nunca mais vi.
— Não é possível. E a foto? Insisti.
— Acho que tinham pena de mim. Esta foto e algumas outras chegaram até nossa casa, mas nunca vieram com remetente, entende? Muito menos endereço.

Senti um aperto no peito. Lembrei da foto de Aninha com o bilhete. Achei a coincidência muito estranha. Repentinamente, Matilde levantou-se da mesa, recolheu suas coisas e saiu sem despedidas.

– Volte, Matilde, não saia assim, precisamos conversar.

Não olhou para trás. Pensei em correr para alcançá-la, porém estava exausta, aquela história consumira toda minha energia. Atordoada, fiquei ali, sentada na cadeira, até sentir o cheiro de bolo queimado.

12

Após a recuperação do surto puerperal, Ana, que ainda ignorava o sequestro de sua filha, teve alta e voltou para a casa geminada. Como estava de licença médica e não tinha um recém-nascido para cuidar, dedicou-se em tempo integral a Anderson. Cuidando do marido como uma mãe, de repente começou a fazer perguntas sobre sua família. No dia do casamento, uma mulher se apresentou como mãe de Anderson, mas Ana estranhara, a senhora era branca, baixa e miúda, exatamente o oposto do rapaz. Não se preocupara com as origens da família do pretendente antes do casamento. Porém, numa manhã em que o marido parecia lúcido o suficiente para ser interrogado, encheu-o de perguntas:

— Afinal, aquela era sua mãe de verdade? Tenho a impressão de ter escutado o sogro chamá-la de prima. O quê? Não é mesmo sua mãe? É sério? E quem então é sua mãe, Anderson? Seu pai também não sabe, por acaso?

Não sabe como encontrá-la? E você? Nunca quis procurá-la? Que história estranha, nunca ouvi nada semelhante. Com que idade você foi para o colégio interno? Quando voltou para casa?

Anderson tentava saborear seu café, ficou tonto e ansioso diante de tantas perguntas, a maioria sem resposta, então levantou-se da mesa com o café inacabado e, para aliviar a tensão e ao mesmo tempo a tremedeira das mãos, abriu a porta do armário acima da pia, adivinhando o esconderijo da mulher, e retirou deste a garrafa com o líquido branquinho como água. Depois do segundo copo da purinha, os gritos de Ana, agora visivelmente irritada, soavam como se viessem de longe, da casa vizinha, ou de qualquer outro lugar, e já não entravam em sua mente, as ondas sonoras pareciam sólidas, chegavam perto e eram rebatidas como se fossem a bola num jogo de taco. Anderson ria sozinho vendo o rosto da esposa impregnado de fúria. Saiu de casa sem olhar para trás e sumiu por dois dias. Desta vez os soldados nem se deram ao trabalho de procurá-lo. Diziam, sarcasticamente, que voltaria como um peixe morto que o mar joga na areia da praia e as ondas devolvem. Retornou faminto e sóbrio. Ana o acolheu, pedindo desculpas, preparou uma refeição e a cama onde ele dormiu ininterruptamente por dezessete horas.

***

Ana pediu para regressar ao trabalho antes do planejado. Precisava se ocupar. Felipe aceitou seus argumentos e liberou-a, com supervisão. Anderson finalmente iniciou um tratamento para cessar a bebida e planejou retomar a função de marceneiro. Havia muito a ser feito para a preservação e restauração de prédios e das igrejas do leprosário.

Carla e José, os pais de Ana, angustiados com a demora na resolução do rapto e perante a alta hospitalar da filha, decidiram contar-lhe a verdade, a despeito da ordem da madre. Na hora do almoço, foram visitar o casal e foi como se puxassem a toalha de mesa. Ao recebê-los, Anderson levantou-se para colocar uma camisa, já que tinha visita. Carla notou uma mancha diferente daquelas da lepra em seu tórax. Em outra situação certamente questionaria sobre aquela marca no peito do rapaz, mas nesse momento só importava falar sobre sua neta.

– Mãe! Pai! Que bom vê-los. Sentem. Querem almoçar? – disse Ana.

– Não, minha filha – respondeu Carla.

– Mãe, a senhora está pálida. O que houve?

– Algo com nossa filha? – Anderson, voltando à mesa, perguntou aflito.

– Aninha está no Amparo, Anderson, está segura. Você sabe, sendo cuidada pelas freiras – disse Ana ao marido. E olhando para seus pais, continuou: – É bom que estejam aqui, pois tenho pensado que já é hora da nossa filha ir morar com vocês. O que acham?

Carla começou a suar. José deixou a esposa falar.

– Aninha desapareceu do preventório, minha filha. Mas fiquem calmos, a polícia já está investigando.

Ana e Anderson se entreolharam assustados.

– Como pode pedir para ficarmos calmos? Isso é horrível – disse Anderson.

– Que horror! – Ana berrou e saiu correndo pela rua, alucinada. Os familiares a seguiram.

– Onde está minha filha? O que fizeram com minha criança? – gritava Ana.

Quando se acalmou um pouco, após respirar fundo, olhou para os lados e avistou alguns doentes paralisados pela doença, freiras assustadas e vários soldados. Nesse momento entendeu a razão do aumento de policiais no leprosário. Uma das religiosas se aproximou pedindo que a acompanhasse, viesse tomar um chá de limão no refeitório, ela já ia mandar chamar a madre. Carla foi junto. José caminhou ao lado de Anderson.

A madre chegou séria e, de longe, cumprimentou cada um dos quatro, sentando-se na frente de Ana, que soluçava. Todos recusaram o chá da jovem freira.

– Sou uma serva de Deus, vocês sabem – disse, suspirando. – Estamos aqui para fazer o melhor e nos esforçamos para isso, mas algumas coisas às vezes fogem de nosso controle, é inevitável – e suspirou novamente, sendo em seguida interrompida por Ana.

– Madre, isso é muito grave! Que pistas vocês têm? Como tudo aconteceu?

– Sabemos muito pouco até agora. O delegado responsável acredita que possa ser alguém próximo. Do Amparo ou daqui mesmo, do leprosário, pois não houve pedido de resgate. Trabalham também com a hipótese de rapto para adoção ilegal.

– Meu Deus! Isso não pode ser verdade – suplicou Ana.

– Quando aconteceu? Pelo jeito não foi agora. Há muito tempo esse hospital está estranho. Os guardas, as pessoas cochichando nos cantos... Me diga, madre. Quando minha filha sumiu? – questionou Anderson, com fúria no olhar.

A irmã suspirou e continuou:

– Já fez um tempo sim.

– Quanto? – implorou Ana.

– Cerca de quatorze dias – a freira respondeu baixinho.

– Madre, isso é um absurdo! Pelo jeito fomos os últimos a saber – disse Ana.

– Estávamos preocupados com a saúde de vocês dois e achamos que seria mais fácil resolver.

Ana continuava chorando.

– Tem alguma forma de ajudarmos? – perguntou José.

– Por favor, deixe isso com os profissionais, como já disse, a polícia está fazendo seu trabalho – respondeu a madre e pediu licença.

Antes de sair do salão, madre Ângela aproximou-se de Ana, intencionando acariciar afetuosamente a sua cabeça, não obstante, desistiu, recolhendo a mão e improvisando um sinal da cruz.

Anderson chegou a abrir a boca para dizer que ele mesmo ia procurar pela filha então, já que a polícia não resolvia, mas teve medo de deixar a madre em alerta e ser vigiado.

Na Avenida Getúlio Vargas, após os gritos de Ana, alguns doentes ficaram confabulando sobre o ocorrido até dispersarem por ordem dos soldados. No dia seguinte, familiares, mulheres em sua maioria, fizeram plantão na frente do pórtico da entrada, exibindo cartazes com o nome da criança desaparecida. Alguns funcionários se juntaram a elas, aproveitando o clima de protesto para reivindicar melhores salários e condições de trabalho.

A notícia do desaparecimento da filha fez Ana voltar a ser hospitalizada. Não pela alteração do humor nem por agitação ou ansiedade. Ela simplesmente não comia. Não tinha apetite e, quando forçava, a comida não descia, voltava inteira, como se não tivesse entrado. Nem as medicações do psiquiatra Augusto fizeram efeito. A solução encontrada por Felipe foi colocar um tubo por seu nariz, até o início do intestino. Uma sonda. Nela, entrava um composto líquido de fácil digestão, para mantê-la viva. Contrariamente ao esperado, Anderson ficou sóbrio. Foi depois de uma conversa com Felipe. Perguntou ao médico se ela corria risco de vida, e ele respondeu de soco:

– Sim, sua mulher pode morrer e precisa de sua ajuda.

Naquela noite Anderson ficou acordado. De súbito, começou a acreditar em Deus e a agradecer por cada momento ao lado da esposa. Abençoou até mesmo a doença, pois se não tivesse adoecido, não a teria encontrado. Beijou o pé mutilado de Ana e, na madrugada, fez uma promessa. Deixaria a bebida se a esposa sobrevivesse e se encontrasse a filha.

13

Ana voltara para o hospital. Estávamos todos arrasados. Felipe bateu na porta de casa. Era final do dia, eu recém tinha chegado do trabalho, me preparava para um banho. Estranhei sua presença àquela hora.

– Alguma notícia do sequestro? – perguntei. Ele estava nervoso.

– Teresa, achei outro bilhete caído no chão, lá fora, perto da entrada do leprosário. Fui há pouco buscar uns suprimentos no caminhão, ao lado do pórtico, tropecei em uma pedra sem querer, caí de joelhos no chão.

– Nossa, Felipe, deixa eu ver – me aproximando dele.

– Não, Teresa, não se preocupe com isso. Não me machuquei. Mas quando estava levantando, avistei este pedaço de papel. De longe, achei que era lixo, em seguida visualizei o código "MT".

Outro bilhete. Estavam brincando comigo.

– O que diz esse, Felipe?

— Não sei, Teresa, está endereçado a você, não olhei, mas estou aflito.

— Poderia ter olhado, não tenho segredos com você.

Ele me estendeu o bilhete e sentamos na varanda. Abri o papel e minha garganta instantaneamente secou. Não havia nada escrito, e desta vez também não havia fotos. Parecia que alguém desistira de escrever e, arrependido ou arrependida, atirara o bilhete ao chão, ou quem sabe fazia parte do plano diabólico de me assustar.

— E então? — perguntou, elevando as sobrancelhas.

— Nada, Felipe — consegui balbuciar. — Está em branco.

— Teresa, estou ficando muito preocupado. Eu sei que a polícia está investigando, mas tenho medo de que desistam, a demora é demais. Tem certeza de que não desconfia de ninguém?

— Não faço ideia, Felipe — menti. Eu já tinha uma suspeita sim. A coincidência das fotos. Matilde poderia saber algo. Mas como dizer a Felipe? Não podia expor minha mãe. Precisava pensar em uma forma de sair do leprosário e averiguar.

— Pense, Teresa. E não esqueça de avisar aos policiais que você recebeu dois bilhetes.

Fingi concordar com um movimento da cabeça e me despedi.

14

Felipe, assustado com o que acontecia no leprosário, tentou concentrar-se em seu trabalho e nas pesquisas. Porém, ao contrário de antes, quando aplacava facilmente a ansiedade após horas de trabalho e deitava-se exausto, nesses dias não conseguia dormir, era como se o botão de seu interruptor interno estivesse trancado no modo *on* e o mundo tivesse virado do lado avesso. Assim, ficou como um zumbi, irritado por não conseguir descansar, e quanto mais aborrecido ficava, pior a insônia.

A exaustão e a carência, somadas aos problemas do leprosário, tornaram-se insuportáveis. Felipe resolveu ir a Porto Alegre com a desculpa de buscar uns reagentes para seus experimentos. Na cidade grande, em meio a mais uma madrugada insone, ligou para a noiva. Patrícia dormia e estranhou o telefonema tarde da noite, Felipe nunca fora dominado por impulsos.

– Sinto sua falta – foi o que ouviu.

– Ah? O que disse, Felipe?

O noivo repetiu. Então, ela perguntou se ele não queria visitá-la.

– Agora?

– Sim, agora, não acabou de dizer que não consegue dormir?

Felipe demorou exatos vinte minutos para bater em sua porta, tempo em que Patrícia arrumou os cabelos e colocou alguma maquiagem no rosto. Quando abriu a porta, foi invadida por uma alegria. Entregou-se ao abraço que Felipe oferecia, como se sua vida toda se resumisse àquele momento. Ficaram juntos e finalmente Felipe dormiu algumas horas.

* * *

No dia seguinte, à tardinha, o médico aproveitou a visita à cidade para encontrar Augusto, tomar uma cerveja e descontrair um pouco com o amigo psiquiatra. Mas não conseguiram evitar o tema. Augusto concordava com a opinião de Teresa sobre a crueldade de afastar as crianças dos pais. Dificilmente esse trauma não traria sequelas emocionais para o resto da vida. Felipe ponderou: "E o que é pior? Os traumas psicológicos ou o risco de contaminação?".

Em casa, um pouco antes de iniciar a luta contra a vigília da noite, lembrou, precisava falar com o secretário da Saúde. Era necessário conferir a opinião do colega sobre os rumores contrários à internação compulsória e avisar sobre o ocorrido.

Na manhã seguinte, ligou para o gabinete da secretaria. Era uma nova funcionária, notou pela voz e displicência, pois agendou a visita para a próxima semana. Felipe, ciente de que não podia esperar, argumentou, tinha doentes para atender e, a despeito de não ter conseguido alterar o agendamento, manteve a calma e sua tradicional doçura, vestiu seu melhor terno e dirigiu-se ao gabinete do secretário. Aguardou duas horas até ser atendido. Paulo, com uma barba exuberante, compensando muito menos cabelo em relação à última visita, começou a conversa elogiando Felipe. Ressaltou suas qualidades, seus avanços nas pesquisas e suas publicações. Acertara em presenteá-lo com aquele cargo. Era bom se sentir corresponsável por aquele sucesso, disse.

– Mas o que mesmo o preocupa? Se alguns doentes já estão sendo curados, podem sair. Na verdade, são poucos. Não é, doutor?

Felipe concordou, mas o principal motivo de sua visita era outro. Então falou sobre as crianças do Amparo, suas dúvidas. A incerteza daquele isolamento. A brutalidade daquela conduta.

O secretário ficou em silêncio.

O médico prosseguiu, contou sobre o sequestro e a revolta de alguns pacientes. Algumas mulheres, familiares dos internos, estavam acampadas na frente do leprosário em protesto. Elas pediam o fim da internação compulsória no Amparo e clamavam por justiça a Ana, a mãe da criança que sumira.

O secretário pensou por alguns segundos, levantou a sobrancelha esquerda e coçou a barba, ergueu o corpo da cadeira e chegou a abrir a boca para pronunciar alguma palavra, desistindo em seguida. Pensou mais um pouco, sentou-se e, por fim, levantou de novo disposto a dar a solução para o problema. Felipe aguardava.

– Pois então, retorne imediatamente ao leprosário. Isso é uma ordem. Não vejo outra pessoa qualificada o suficiente para acalmar toda essa gente e assegurar que o que estamos fazendo pelas crianças é o melhor a ser feito. Por enquanto nada de afrouxar as medidas. São importantes para a segurança de todos. Vamos, doutor. Por favor, não me decepcione.

O médico levantou-se em choque. O secretário ignorou a denúncia e o responsabilizava pelos próximos passos.

***

Felipe foi para o Amparo, precisava saber como estavam as investigações lá no local onde o rapto aconteceu. As crianças ficaram alegres ao vê-lo. O médico ia visitá-las menos vezes do que gostaria. Somente ia ao Amparo quando julgava seguro e conseguia sair do hospital colônia. Nesses encontros, evitava o abraço ou o aperto de mãos das crianças maiores. Doía em seu íntimo se esquivar desse contato, mas o distanciamento físico não impedia de trazer esperança e contentamento. As crianças tinham um código. O primeiro a ver o doutor era responsável por bater palmas, três vezes seguidas, com todo o vigor, para que fosse escutado pelo mais próximo, o qual também bateria as três palmas anunciando sua chegada. Transcorria-se então uma sucessão de palmas que iam se somando e tornando aquela saudação uma verdadeira música. Naquele dia em especial, o médico ficou particularmente comovido com a homenagem. Contagiado pelo afeto das crianças, Felipe se emocionou. Chamou Clara para passar o relatório médico de cada um, constatando, felizmente, que todos estavam saudáveis.

O ambiente estava tenso, vários policiais, alguns à paisana, vigiavam o lugar. Para distrair um pouco as crianças, o médico decidiu organizar de improviso uma partida de futebol, na qual acolheu também as meninas, ensinando-as a brincar com a bola e a vibrar com o gol. Precisava disso, era como um alimento, e não seria possível retornar ao leprosário sem aquela dose extra de afeto transmitido pelas crianças. Elas, apesar do abandono forçado, não haviam desaprendido a amar.

Seguiu então para o leprosário, tinha um compromisso profissional e um nome a zelar. Ainda não sabia como encararia as mulheres cheias de questionamentos e cartazes de protesto. Um deles trazia o nome da criança desaparecida e, outro, fotos de crianças em cestos, momento que eram levadas ao preventório. Durante todo o percurso, ensaiou frases, descartou algumas, elegeu outras, até sentir-se pronto para o enfrentamento, a despeito da luta travada por dentro: ser leal aos seus sentimentos (pois não concordava mais com a saída compulsória de todas as crianças) ou manter a postura solicitada pelo secretário da Saúde? A única alternativa era ser sincero. A verdade continha a solução. Diria que precisavam repensar a saída das crianças, ele também sofria com o destino incerto delas. Por outro lado, sua responsabilidade como médico era ter certeza de que permaneceriam saudáveis e faria o possível para isso. Aquelas crianças, os doentes e as freiras eram como se fossem sua família, e a confusão diária do leprosário era sua vida. Antes, nunca tinha experimentado a felicidade de amar o ser humano sem esperar nada em troca. Amar as crianças e os inválidos da lepra, enxergando-os além das mutilações. Amar as freiras rígidas. E nesse amor encontrar a paz. Como não lutar por aquela causa? Felipe sorriu e soube que estava pronto para falar com os familiares.

15

Estava trabalhando na enfermaria quando uma das irmãs me avisou que Felipe voltara da cidade e estava falando com os doentes e familiares sobre o sequestro da Aninha.

– O doutor é um homem muito bom, além de excelente médico, é humano. Devia ter visto como conseguiu transmitir segurança e acalmar a todos – disse a irmã, com afeto. Minutos depois, Felipe entrou para visitar os pacientes acamados e, quando me viu, questionou, preocupado:

– Teresa, alguma novidade? Não recebeu nenhum outro bilhete enquanto estive fora?

– Não, Felipe. Minha angústia só aumenta. Nenhuma notícia.

– Fui ao Amparo. Está cheio de policiais circulando. Bem mais do que aqui. O pânico está se instalando.

– Felipe, sinceramente, estou achando tudo uma hipocrisia, até então ninguém se preocupava com o bem-estar dessas crianças.

– Como não, Teresa? Pode até ser que a melhor solução não seja o isolamento, mas ninguém tem certeza. Além disso, dessa vez é diferente, a criança sumiu!

– Está bem, então. Vou voltar para o trabalho, temos muito o que fazer hoje.

Felipe segurou meu braço.

– O que você tem? Está estranha.

– Nada.

– Conheço você! Está me escondendo algo?

Com medo de ser ouvida, puxei Felipe até a sala de lanche. Tive a impressão de ter visto alguém nos seguir, mas quando olhei para trás não enxerguei ninguém.

– Matilde esteve aqui outro dia, me contou uma história estranha de um irmão que não conheço. Trouxe uma foto dele com uns 6 ou 7 anos.

– E o que isso tem a ver com a criança desaparecida?

– Ela contou que não via seu filho, meu irmão, desde as primeiras semanas de vida. Seu amante sumiu com o menino. Foi então que perguntei como ela tinha aquela foto? Matilde respondeu: recebia fotos. Vinham sem remetente e sem endereço.

– Não acredito! O mesmo aconteceu com você!

– Não grite, Felipe. Alguém pode ouvir. E, além disso, pode ser somente coincidência. Não quer dizer que ela esteja com a criança.

– Não perguntou?

– Sim, mas ela foi embora sem dizer nada. Simplesmente virou as costas, saiu e não voltou mais.

– Precisa ir atrás dela, Teresa, não pode fingir que nada está acontecendo.

– O que me sugere?

– Vá visitá-la. Hoje mesmo! Eu a liberei, diga se alguém perguntar.

– Consigo sair daqui sem problemas?

– Sim, Teresa, posso dar um atestado. Você sabe que sua doença não transmite mais. Se alguém desconfiar que imaginamos o paradeiro da criança e não avisamos ninguém, poderemos ser acusados de cúmplices.

– Está bem, tem razão. Confesso, vai ser difícil voltar para casa depois de tantos anos. Matilde mora em Porto Alegre na mesma casa de minha infância e adolescência. E se a criança estiver mesmo lá? O que farei?

– Devolva para o Amparo. Onde mais?

– Continuo achando que não é o melhor lugar para essa criança.

– Depois de tudo que está acontecendo? Não acredito, Teresa.

＊＊＊

Fui até o centro de Porto Alegre de carona com o fornecedor dos medicamentos hospitalares. Felipe mostrou o atestado a ele. Minha doença estava controlada. Peguei um ônibus do centro até minha antiga casa. Fiquei atordoada com toda aquela agitação, pessoas apressadas, barulho, buzinas, poluição. Me senti deslocada. Assustada. Solitária no meio de tanta gente. Era tudo estranho, o cheiro das ruas, as pessoas normais, todas inteiras, sem manchas, caminhando, desconhecidos passando por mim. E, se por um lado fui invadida por uma sensação de estranheza, por outro, o anonimato me proporcionava liberdade. Ali no meio da multidão eu não era a doente, não era estigmatizada; também não era a doce enfermeira. Era somente uma mulher e me movimentava pelas ruas de uma cidade real.

Esqueci por qual lado deveria entrar no ônibus e, quando cobrada, entreguei por engano as moedas do leprosário. O cobrador me olhou como se eu fosse um ser extraterrestre recém-pousado na Terra, e eu comecei a rir porque era como me sentia. Desci no lugar errado, precisei voltar algumas quadras a passos largos. Quando avistei a casa, parei ofegante e surpresa. Ela havia encolhido. Em minha memória, era muito maior. Não sei quanto tempo fiquei parada tentando me encher de coragem para bater na porta até perceber que estava aberta. Entrei, mas antes tomei o cuidado de trancá-la. Pisei no chão como se estivesse em uma passarela suspensa, como se um passo em falso me fizesse cair num abismo. A sala encontrava-se suja, havia várias chupetas e mamadeiras espalhadas no sofá. Entrei em um dos quartos com receio, também não encontrei ninguém. O silêncio imperava. Fui para o quarto de Matilde. Demorei alguns segundos para entender a situação. As duas ainda dormiam. Já devia ser quase meio-dia. A bebê estava na cama junto com mamãe. Tive dificuldade em acordar Matilde. Aninha despertou antes e começou a chorar. Nesse momento, ouvi batidas fortes na porta. Como num reflexo, peguei a criança no colo. Tinha sido seguida? Mamãe levantou. Fiquei imóvel, em silêncio. Por sorte o bebê parou de chorar. Meu coração batia tão forte quanto aqueles murros na porta. Senti medo. Mamãe arregalou os olhos e disse:

— Seguiram você. Por favor, leve a bebê para longe daqui, saia com ela pela porta da cozinha.

Não me movi.

— Vá, Teresa, por favor — seus olhos imploravam.

Meu corpo travou, em choque. Os homens arrombaram a porta e entraram. Vi mamãe sendo algemada, sem resistência. Foi uma cena muito cruel. Um dos policiais me puxou por um dos braços, a bebê recomeçou a chorar. Ele ordenou que eu entrasse no carro à frente da casa e avisou que eu ficaria detida para investigação. Quando o automóvel saiu, olhei para trás e pensei ter visto Anderson, mas não tive certeza. O motorista parou no Amparo para deixar a criança. Um dos policiais tirou Aninha do meu colo e levou-a para dentro do preventório. A bebê ainda chorava e eu também. Fiquei assim, protestando, dentro do carro, vigiada. Foi horrível.

De volta ao leprosário, fui detida para investigação. Seria difícil comprovar que não era cúmplice do sequestro.

16

Felipe estava chocado com os últimos acontecimentos e sentia falta de sua principal auxiliar. Precisava ajudar Teresa. Afinal, a enfermeira fora corajosa e seu ato o fez pensar sobre o exílio das crianças. A retirada compulsória era mesmo imprescindível? Talvez fosse melhor nunca ter questionado, mas se o tivesse, teria coragem de ir contra o sistema vigente? A amiga tentou ajudar. Era uma boa pessoa.

– Madre, posso entrar? Desculpe, não estou incomodando?

– Absolutamente – a madre respondera. – O senhor está bastante abatido.

– Estou trabalhando em dobro sem a ajuda de Teresa. E abalado com os últimos acontecimentos.

– Pois imagino, meu caro doutor. Mas não posso liberá-la. Está sendo interrogada pela polícia, faz parte do processo. Não posso interferir. Sabia que foi a mãe dela

que raptou a criança? Só encontraram o bebê porque desconfiaram da Teresa. Ela pode ser cúmplice!
— Posso afirmar que não, irmã. Ela desconfiou da mãe, mas não tinha certeza. Foi até lá averiguar.
— Doutor, e quem é ela para se meter nisso? Deveria ter confessado sua suspeita aos policiais.
— Era a mãe dela. Ela só quis ajudar.
— Você defende muito essa moça, doutor.
— Madre, tente ajudar a Teresa, por favor. A senhora é a autoridade aqui. Pode pedir para que acelerem o interrogatório. Teresa tem álibi: foi ela quem avisou a senhora sobre o rapto no mesmo momento em que soube. Não o faria se fosse cúmplice. Não acha?

A madre não respondeu. Pareceu pensativa.

O médico desistiu de continuar a conversa, com medo de ter insultado a irmã. Curvou a cabeça e metade do tronco em reverência, pediu licença e saiu cambaleando, como se a explosão de emoção tivesse lhe embriagado. Já na porta, ousou olhar para o rosto da madre, o qual exibia uma expressão indecifrável.

* * *

A madre tinha dúvidas sobre a inocência de Teresa, a despeito dos argumentos do médico. Pediu para conversar com o delegado. Insistiu para ver o inquérito, queria ler os detalhes e tirar sua própria conclusão sobre o envolvimento da enfermeira. Mas o delegado não permitiu. Por outro lado, contou que ele mesmo entrevistara Teresa e concluíra que ela não era cúmplice, tendo apenas omitido sua suspeita sobre a própria mãe para a polícia. Ela errou, mas não tinha como condená-la por isso.

Para ele, os interrogatórios estavam chegando ao final. Interrogara a culpada: Matilde, uma mulher estranha, atrapalhada, solitária e carente, sua única filha internada há anos.

– Quando questionei o motivo do sequestro, ela disse simplesmente que "precisava cuidar daquela criança, precisava de sua companhia".

O mais importante é que Aninha já encontrava-se em lugar seguro. Matilde havia sido presa e confessara ter agido sozinha. Seus homens continuariam mais alguns dias no Amparo para manter a segurança, mas estava satisfeito com o trabalho deles. Demoraram, mas conseguiram solucionar. Mais grave seria se estivessem diante de uma quadrilha que rouba crianças para a adoção. A menina foi raptada por uma mulher carente. A freira concordou, agradeceu o trabalho e a discrição da equipe e se despediu.

17

Assim que fui liberada e antes de retornar ao trabalho, a madre me chamou para uma conversa.

— Teresa, quero que reflita sobre tudo que aconteceu e que reconheça seu erro.

Eu a olhava assustada.

— Você ocultou uma suspeita num caso de rapto e tentou resolver tudo sozinha.

Notei que a freira não sabia sobre minha obsessão em ficar com a criança e nem que ocultei provas (os bilhetes). A madre continuou o discurso.

— Você está aqui há muitos anos e é uma pessoa muito esforçada. Por isso pensei muito em lhe dar uma segunda chance. Sei que gosta de seu trabalho e Felipe a respeita muito. Mas não esqueça que aqui todos estão sob a minha responsabilidade e devem me obedecer.

— Sim, madre — assenti.

— E sou bastante tolerante. Lembra que não me opus à

vinda da psicóloga? A que fazia um tratamento diferente. Qual o nome dela mesmo?
— Marga, irmã.
— Isso. Mas desta vez você ultrapassou os limites.
Concordei, flexionando a cabeça. A irmã sabia manipular uma conversa. Tudo o que eu mais queria era esquecer aquela confusão toda e pensar em uma forma de ajudar Matilde na cadeia.
— Posso ir para a enfermaria, madre?
— Sim, minha filha. Mas antes me diga: sua mãe tem problemas mentais? As irmãs me contaram que há anos ela perambula por aqui, entra e sai sem avisar e se veste de uma forma muito estranha.
— Ela tem problemas sim, madre. Era isso, irmã? Agora posso ir?
— Vá e se concentre em seu trabalho.

* * *

Após ser dispensada do interrogatório e colocar o trabalho em dia, saí para caminhar. O dia estava quente e uma visita à Lagoa Negra certamente me faria bem. Conhecia um atalho, um caminho secreto, uma forma de sair sem precisar dar explicações. Cheguei à beira da lagoa com os pensamentos fervilhando: acusações, julgamentos, lembranças e projeções futuras. Logo depois, me acomodei no chão e admirei a beleza, a calma contida na água, a grandiosidade da natureza, a conexão com a paz. Não sei por quanto tempo fiquei inerte, sentindo o calor do sol, o toque do vento, mas lembro do caminho de volta ao leprosário. No lugar de pensamentos barulhentos, ouvi o canto dos pássaros e uma música longínqua, doce, parecia flauta. A música, a visão da lagoa e a caminhada na mata me energizaram, funcionando como um interruptor, mudando a frequência de meus pensamentos. Embora meus motivos fossem perfeitamente compreensíveis – vítima de uma doença grave e estigmatizada, morando em um hospital colônia, impotente ante a expulsão compulsória das crianças e à prisão de minha mãe, passando os dias em meio aos doentes, à margem da sociedade –, consegui conectar com uma força interna, uma ânsia de liberdade e uma vontade de lutar. Pensei muito nas crianças – eram meu ponto fraco e ao mesmo tempo forte, o que me movia – e me ocorreu que a energia de salvar a pequena Aninha do abandono (involuntário) dos pais poderia ser canalizada para algo maior. Foi quando lembrei de Felipe.

Embora até aquele dia eu ainda não tivesse tido o privilégio de assistir, fiquei sabendo que ele organizava torneios em alguns domingos (seus dias livres de descanso!) para as crianças do Amparo, o preventório. Preparava atividades esportivas, transformando sua paixão pelo exercício físico em uma tarde agradável. As crianças aprendiam noções básicas sobre o corpo, músculos e articulações; como alongar-se corretamente, respirar em uma corrida, competir saudavelmente em um jogo de futebol e auxiliar os colegas em um torneio coletivo. Os alunos ficavam encantados. O médico plantava uma semente em cada alma. Às crianças, caberia a tarefa de abrirem seus corações para recebê-la e cultivá-la. Fiquei o resto do dia imaginando como poderia minimizar também o sofrimento delas. Era uma esperança pensar em uma alternativa inteligente de ajudá-las depois de tudo que aconteceu.

Mas naquela noite tive um pesadelo. Matilde batia em minha porta, e quando fui abri-la, estava trancada. Não achava a chave, e ela continuava batendo, cada vez mais forte, como se estivesse em perigo, e eu não conseguia ajudá-la. Acordei sobressaltada.

* * *

No dia seguinte, cedinho, fui procurar Felipe em sua casa na área limpa, ele tomava um mate.
– Sente aqui. Quer um? – me alcançou a cuia.
– Não, obrigada. Vim pedir uma ajuda.
– Claro!
– Penso muito na prisão de Matilde. É tão cruel.
– Entendo, mas não há como ajudar.
– Pode me dar o telefone do psiquiatra? O Augusto.
– Para?
– Matilde tem algum distúrbio mental. Será que após uma avaliação especializada ela não poderia ser transferida da cadeia para um hospital psiquiátrico?
– Concordo, Teresa, vou falar com ele, sim. Ela confessou o motivo de ter raptado a criança?
– Não tivemos tempo de conversar. Desconfio que foi por minha causa. Ela sabia o quanto eu desejava que aquela criança tivesse um lar. Ou foi por carência... Mas o certo é que ela não tinha noção da gravidade do que estava fazendo.

Augusto concordou e atendeu mamãe. O diagnóstico foi de um quadro Borderline. Levou algum tempo, mas conseguiu que Matilde fosse transferida da prisão feminina para um hospital psiquiátrico. Fiquei muito grata à ajuda dele, mas mamãe não agradeceu nosso esforço. Sentia-se injustiçada, não conseguia compreender a gravidade dos seus atos. Seu mau humor piorou e o autocuidado também. Eu tinha licença para visitá-la uma vez por semana, porém ia no máximo uma vez por mês.

As visitas me assustavam e deprimiam. Ela gritava pedindo ajuda ao me ver.

– Me tire daqui, Maria Teresa! Me salve, vou morrer aqui dentro!

Dizia que as enfermeiras planejavam matá-la. Seu sofrimento estava estampado nas feições do seu rosto.

Uma vez, quando me viu, perguntou sobre seu outro filho:

– Por que ele não veio com você? Não avisou que estou aqui?

– Não o conheço, Matilde. Lembra? Como vou avisá-lo?

– Explique para o meu filho que eu só queria ajudar. Queria cuidar do bebê como não consegui cuidar dele. Por favor, esclareça, ele vai entender. Sangue do meu sangue... como não amparar aquela criança?

Será que Matilde enlouquecera de fato?

Então, subitamente, ela começou a chorar, soluçava e voltou a pedir para salvá-la:

– Viu, Maria Teresa? Olha como ela me observa – disse, dirigindo o olhar para uma das enfermeiras: – Estão tramando me matar.

A enfermeira se aproximou, a despeito do pranto e gritos de mamãe pedindo para que ela se afastasse, e a medicou. Eu me retirei, não consegui tolerar aquela cena.

Depois desse dia, me ausentei por meses, até o dia em que recebi a notícia de uma outra internação, desta vez por motivos clínicos. Tive a sorte de conseguir me despedir. Foi tudo muito rápido. A médica que a atendeu no pronto-atendimento me avisou da gravidade. Matilde estava com infecção generalizada. Provavelmente a infecção começara no abdômen, me dissera. Talvez apendicite, não dava para ter certeza. Escutei o diagnóstico na sala de espera e quando entrei no quarto e a vi com a respiração ruidosa e difícil, constatei que realmente não havia mais volta. Fiquei com ela, entre soros, antibióticos e analgésicos. Passaram-se exatamente 45 horas e 10 minutos em que cuidei dela, rezei por sua alma e me despedi, não sem antes prometer (mentalmente) que tentaria encontrar meu irmão e pediria perdão por ela.

18

Itapuã, maio de 1962

Os medicamentos Clofazimina e Rifampicina começaram a ser utilizados para combater a hanseníase em associação com a Dapsona, tradicionalmente empregada para o tratamento da doença. As pesquisas aumentavam e contribuíam significativamente com a testagem dos medicamentos nos laboratórios. Felipe começou a ser requisitado com crescente frequência em Porto Alegre. Além da pesquisa, dava aulas para estudantes e para médicos formados. Além disso, atuava na prevenção e no diagnóstico inicial. Para tanto, reunia a comunidade não científica também, com o propósito de diminuir os índices da enfermidade e ensinar cuidados aos doentes.

Felipe continuava intrigado com algumas particularidades: por que alguns pacientes demoravam quase dez anos para manifestar a doença enquanto em outros esse período, chamado tempo de incubação, era de somente seis meses? E por que alguns pacientes desenvolviam a forma tuberculoide, com poucos bacilos, e outros a forma grave, com número extremamente alto de bactérias, e com lesões mais agressivas e duradouras? E, ainda, por que muitas pessoas não se contaminavam ou desenvolviam a doença mesmo em contato íntimo com os infectados? Em maio de 1962, foi definido o término da internação compulsória. Com essa recomendação, os novos casos eram tratados de forma ambulatorial e os pacientes permaneciam em suas casas com seus familiares. Aos poucos, os doentes do hospital colônia foram tendo alta. Meses depois, Felipe também decidiu deixar o leprosário de Itapuã, mas não abandonaria a hanseníase. Seu plano era intensificar suas pesquisas em Porto Alegre.

Essa mudança o retirou daquela cidade, daquele mundo dividido com sua melhor amiga.

19

Quando me recuperei da dor pela perda de mamãe e Felipe anunciou sua saída do leprosário, eu tinha a impressão de não ter mais o chão para pisar. Andava tonta, uma das freiras diagnosticou labirintite e fiquei dias sem conseguir trabalhar. Minha paixão por Felipe era platônica, sempre soube disso, mas me conformava com sua amizade, com a importância que tinha para ele. Os primeiros meses foram os mais difíceis, olhava para o lado na enfermaria como se pudesse encontrá-lo e falar com ele a qualquer momento, procurava-o com o olhar no fim de tarde, com a esperança de vê-lo correndo pelas ruas. Era inverno e o vento frio acentuava a solidão. Cheguei a ter dor nos ossos do peito.

Por sorte, o tempo fez seu papel, me colocando novamente em movimento. Mas o leprosário nunca mais voltou a ser o mesmo. Vários pacientes tiveram alta. Permaneceram os mutilados pela doença, os incapacitados, os deprimidos e os órfãos de família. Houve casos em que pacientes foram embora, mas precisaram voltar. Alguns tinham economizado, porém as moedas que circulavam no hospital colônia eram um dinheiro próprio, sem validade para uso externo. Além disso, na cidade real suas deformidades pareciam monstruosas. Para os que retornaram, havia garantia de comida pronta, moradia e tratamento médico a qualquer hora do dia.

A circulação na cidade diminuiu, os casamentos pararam de acontecer, as festas perderam o sentido. A tristeza predominou. Eu continuei trabalhando intensamente; os que ficaram tinham mais sequelas e demandavam cuidados redobrados. Além disso, envelheciam no hospital colônia e tinham doenças crônicas, como diabete, pressão alta e ansiedade.

20

O médico que substituíra Felipe chamou Ana para uma consulta. Seu pé não tinha mais nenhuma úlcera, somente uma cicatriz grossa, a deformidade e a falta de um dos dedos. Após exame minucioso, concluiu que a doença estava controlada.

– Ana, você está de alta.
– Sério? Acha mesmo que posso ir?
– A doença estabilizou. Deve continuar o acompanhamento e tratamento, é claro, mas pode ser ambulatorial.
– Seria ótimo!

Ana começou a chorar, esperou tanto por aquela notícia, nem acreditava. Anderson tinha tido alta meses antes e estava morando com os pais dela e com a filha Aninha. No fim, era tudo o que mais desejava, ser mãe, mesmo atrasada no tempo. Aninha estava crescendo com tanta rapidez!

Naquela noite sentiu-se insegura, fantasiando não ter condições de cuidar da filha. Foi para a capela, insone, rezar. Sentiu culpa pelo tempo perdido em que não a amamentara, não assistira a seus primeiros passos, os primeiros sons. Vira a filha poucas vezes e, em cada uma delas, parecia mais distante o dia em que poderia finalmente abraçá-la. No calor da oração, entretanto, conscientizou-se de que poderia estar ao seu lado, a partir daquele momento até o resto de sua vida. A urgência de cuidar da filha, em sentir seu cheiro e abraçá-la foi tão grande que não esperou o dia amanhecer. Iniciou o caminho para a vila de Itapuã de madrugada, como se esperar o sol nascer fosse um luxo. Seus pais tinham se mudado para perto do hospital colônia, a fim de visitá-la com maior frequência.

Quando avistou a nova moradia, sentiu alívio, não gostaria de ter retornado à casa da infância. Teria sido como tirar a casca de uma ferida cicatrizada. Chegando mais perto observou Anderson. Seus músculos estavam delineados e sua pele mais morena, a liberdade parecia estar fazendo muito bem a ele. Carregava uns tijolos, construía um anexo no mesmo terreno, uma casa pequena. Anderson estava concentrado, só a viu quando estava ao seu lado. Não se assustou, nem pareceu surpreso, simplesmente a abraçou demoradamente. Ana contou sobre a alta do leprosário, as últimas novidades do hospital e dividiu com ele suas dúvidas quanto ao futuro.

Entrou em casa para ver a filha, essa dormia um sono tranquilo. Ana encheu os olhos de lágrimas, sentou-se ao seu lado e acariciou seus cabelos. A menina se mexeu, mas continuou dormindo. Carla chamou-a para comer. Ela degustou o café como um prêmio e comemorou o início de uma nova vida, mesmo angustiada com as recentes sensações e sabendo das dificuldades e desafios pela frente. José queria saber quais eram seus planos, retomar os estudos? Procurar emprego? Ana olhou para ele demoradamente, lembrando de momentos difíceis de sua infância. Os pintos mortos, guardados por anos no formol, voltaram à sua mente, trazendo lembranças desagradáveis. Mas não queria mais pensar no passado. Estava cansada de todo o sofrimento que suportara no leprosário e da agressão sexual que sofrera. Da qual guardara segredo.

– Prefiro não decidir nada agora, papai. Por ora só quero estar perto da minha filha e de vocês.

EPÍLOGO

Eu gostava muito de trabalhar como enfermeira, ajudar o próximo e amenizar sua dor. Passei anos comprometida em me aperfeiçoar, foram várias madrugadas insones estudando. Era autodidata, ávida por conhecimento, destrinchava os livros do primeiro médico que acompanhei, o doutor Ricardo, e depois os de Felipe. A minha vontade de aprender tirava o sono e a fome. Abria aqueles volumes enormes, cheio de palavras e figuras indecifráveis, apesar do receio inicial de não dar conta. Me sentia como uma exploradora, uma aventureira; era atenta a cada palavra lida. Aprendi muito com os pacientes também. Escutava cada história. Quando conversava com os doentes do pavilhão em busca de respostas para o seu sofrimento, embora meu foco fosse a doença, era como se eu estivesse conversando com um amigo na varanda de casa. Dediquei-me a cada um deles como se fossem as únicas pessoas do mundo.

Mas havia uma parte de mim que era criativa, cultivava o silêncio da mente, independente do raciocínio lógico. Uma parte que não precisava de esforço nenhum para se expressar. Que não precisava ser, porque já era – a arte. Quando comecei a pintar, embora tivesse diminuído meu tempo de dedicação à enfermagem, adquiri mais segurança e melhores resultados profissionais. Quando expressava este outro dom, era como se formasse um halo, um campo de luminosidade em minha volta, e simplesmente tudo ficava mais fácil e fluía.

Nos últimos anos, Clara se aproximou mais do leprosário, me visitava e gostava muito de me ver pintar. Inspirada nas conversas com ela, surgiu a ideia de fazer uma exposição no pavilhão de diversões, e eu imaginei levar, além dos meus quadros, as pinturas das crianças. Dei início a um projeto lúdico com elas. Mesmo após as altas do leprosário e o término da internação compulsória, algumas permaneceram no Amparo. Tinham ficado órfãs. Enquanto aguardavam por adoção, eu as visitava com frequência e ensinava técnicas de pintura. Esse contato permitia também uma intimidade. Conversando sobre as imagens e os desenhos que produziam, íamos tocando em pontos como o medo, o abandono e suas perspectivas futuras. Acolhia suas dúvidas, suas revoltas, mas também participava de suas fantasias, seus sonhos e, sempre que podia, falava sobre a espiritualidade.

＊＊＊

Em maio de 1965, pela segunda vez em minha vida, recebi uma festa surpresa. Dessa vez me senti merecedora, ao contrário de quando fiz dezoito anos. E aproveitei cada momento. Quatorze anos haviam passado. Qual era a diferença? A experiência de vida era uma delas, os anos me trouxeram serenidade. Gratidão era outra, a enfermagem e a jardinagem haviam me ensinado: como não ficar grata pela vida ao ver uma ferida fechar? Um paciente sorrir? Uma criança nascer? Uma árvore florir? Era grata por estar viva e por poder ajudar o próximo. "Como assim?", me perguntavam os que tinham pena de nós. Respondia por mim, acredito que nem todos conseguiram se reerguer do caos da doença e do isolamento. O sentimento mais importante foi a aceitação. Com exceção dos primeiros anos, em que me revoltei, aos poucos fui observando a vida ao meu redor e aceitei as oportunidades, as limitações, as tristezas e as alegrias. Sem questionar.

Era um dia muito agradável, com um céu azul, sem nuvens. Fui para casa almoçar após uma manhã cansativa de trabalho no pavilhão principal. Tive uma surpresa ao entrar! Estavam todos lá, na minha casa no Hospital Colônia Itapuã. Doutor Ricardo, Clara, Felipe, Marga, a psicóloga e Augusto, o psiquiatra.

Gostaria de ter visto André, o jardineiro, e madre Ângela, que embora rígida, fora muito importante para nós. Os dois já tinham falecido. Pensei em Ana e Aninha. Meu pedido de aniversário, dessa vez, seria reencontrar aquela criança, que saudades eu sentia! Minha amiga se afastou mesmo antes de ter alta. Ficou magoada, tinha sido incapaz de perdoar Matilde, a despeito de ela ter sido diagnosticada doente. Uma ponta de tristeza me invadiu. Gostaria tanto de vê-las. Aquelas pessoas eram minha família, não a original, mas a que esteve comigo durante muitos anos, imensos desafios e genuínos momentos de solidariedade.

A festa surpresa foi animada. Conversamos bastante. Queria me atualizar de tudo, saber as novidades de Porto Alegre; em alguns momentos da festa vários de nós falávamos ao mesmo tempo. Marga me observava muito, fiquei curiosa e me aproximei.

– O que houve, Marga?

– Estava olhando você e pensando, só isso.

– Pensando por que continuo aqui? Por que não vou embora? Por que pareço feliz morando num lugar desses?

– Mais ou menos isso. Quer me responder?

– Logo que começaram as primeiras altas, pensei muito em ir embora sim. Principalmente quando Felipe foi. Sempre o amei. Em silêncio. Achava que não ia aguentar de saudade.

Marga assentiu, como se não precisasse escutar algo já intuído por ela.

– Mas fiquei. Primeiro porque não tinha para onde ir. Depois da morte de mamãe, vendi a casa. Bem, mesmo que não tivesse vendido, não me imaginava morando lá. Além disso, gosto daqui, dessa terra em que planto flores, da horta que me alimenta de verduras frescas, da importância que tenho para os doentes crônicos, os inválidos.

– Tem ficado só aqui? Ouvi dizer que vai à vila de Itapuã às vezes.

— Marga, gosto muito de lá também, quando estou entediada aqui, vou para lá. Não ria por favor, me hospedo em uma pousada e finjo ser uma turista.

Ela sorriu e seus olhos brilharam. Marga era um idosa muito simpática, falava pouco, mas escutava bem. Corei ao confessar ter conhecido alguém por lá recentemente.

— Mês passado tive uma surpresa muito agradável na vila. Estava caminhando pela areia, distraída, quando um homem de cabelo loiro me chamou para conversar. Ele disse me ver com frequência por lá, mas imaginava que eu não era moradora. Estava curioso para saber por que ia com tanta frequência. Conversamos bastante e continuamos nos encontrando. Ele é muito gentil e tem um pequeno veleiro! Passeamos pela lagoa a última vez que estive lá. Impossível explicar a paz e a felicidade que senti dentro da imensidão de água.

— Vamos cantar os parabéns! — Clara gritou, nos interrompendo.

Cantamos animados. Um pouco depois procurei Felipe com os olhos e não o vi. Fui encontrá-lo na cozinha lavando a louça. Felipe tinha deixado os cabelos crescerem, parecia mais bonito. Notei com desânimo a troca de mão de sua aliança.

— Deixe isso aí! Depois eu lavo.

— Essa é uma das boas heranças dos anos que vivi aqui. Aprendi a cuidar da casa — sorriu.

— Como está sua vida? Seu trabalho? — perguntei.

— Estou bem, trabalhando demais talvez, correndo menos, dor crônica no joelho.

– Se eu puder ajudar...
O distanciamento físico enfraquecera nossa amizade. Não sabia como manter o diálogo, quando fui salva pela lembrança dele.
– E a história do seu irmão, Teresa, como ficou? Lembrei da promessa que havia feito no dia da morte de Matilde. Tinha me esquecido completamente de meu irmão.
– Nossa, Felipe. Acredita que nunca mais pensei nisso? Como pude esquecer? Não só pela promessa, mas por mim mesma. Um irmão.
– Pode ter sido um mecanismo de defesa seu. Até onde me lembro, você tentou. Chegou a ir ao endereço antigo do amante dela. Lembra?
– Sim, mas talvez tenha tentado pouco.
– Não se culpe, amiga, sou testemunha, você não tinha nenhuma outra pista.
– Na verdade, tenho outra pista sim, mamãe me falou sobre uma mancha. Agora, neste momento, não estou lembrando onde.

Clara entrou na cozinha anunciando que uma equipe de um jornal da cidade estava ali. Soube da festa e queria me entrevistar.

– Não acredito, como não sabíamos de nada?
– Lembra que uma das irmãs veio perguntar uma vez se ajudaríamos nos relatos para o resgate da história desse lugar na ponta de Itapuã? Só não imaginávamos o dia...
– Eu disse sim? Não me olhe assim, Clara. Hoje é meu aniversário.

***

O repórter, um homem moreno, esperou a festa terminar e deixou pronto o cenário próximo ao pavilhão de diversões, rodeado de árvores. Eu, por ser moradora e uma das mais antigas, fui a principal entrevistada. Meus amigos foram junto e a maioria dos residentes organizou um círculo à minha volta.

As perguntas fizeram um retrospecto da minha vida em paralelo à existência do leprosário em Itapuã até aquele momento e abordaram desde hábitos comuns ao nosso dia a dia, como as leis que nos regiam. Respondi tudo com detalhes. Ficamos mais de uma hora conversando. O jornalista, percebendo meu cansaço, se preparou para o final.

Foi quando meu olhar se deteve em Anderson, ele vinha da vila e chegava ao leprosário, pois estava trabalhando na reforma da igreja católica. Aproximou-se em silêncio no exato instante em que retirava a camisa. Recordei! De longe, enxerguei uma mancha escura em forma de mapa em seu peito. Era exatamente essa a descrição de Matilde. Seria possível? Ele estivera anos perto de mim, tinha me seguido e denunciado mamãe no dia de sua prisão. Que ironia. Seria mesmo meu meio-irmão? Meu primeiro desenho veio à mente, o retrato de meu irmão. Era difícil acreditar... Agora ele tinha um rosto? E Aninha era minha sobrinha!? Me arrepiei.

Isso explicaria minha forte conexão com ela e o rapto. Então, Matilde sabia que Aninha era sua neta? Lembrei de suas palavras: "Sangue do meu sangue, ele vai entender...". Fiquei tonta.

Um raio de luz do sol me cegou quando tentei chegar mais perto de Anderson para me certificar. Nesse instante o repórter falou muito alto e Anderson se afastou.

— Pois então, resumindo, você é a mulher que chegou aqui com lepra, depois foi auxiliar de jardinagem, enfermeira, pintora e lutou para alterar o rumo das crianças do preventório.

Respirou fundo e continuou.

— E permanece cuidando dos últimos moradores que ainda restam. É isto?

Assenti. A entrevista finalmente terminava.

— Tenho uma última curiosidade. Com qual dessas Teresas você mais se identifica?

Ele percebeu que não entendi bem a pergunta. Sorriu e tive a impressão de que seus olhos ficaram acinzentados, devido ao reflexo da luz. Então, finalmente, escutei:

— Quem é você? Quem você é?

A questão evocou um sonho longínquo, praticamente perdido no labirinto da memória, mas de súbito reavivado.

***

Aquela voz viril e ao mesmo tempo macia ainda podia ser sentida em meus ouvidos, como uma carícia... repetindo: "Quem é você, Quem você é?"...

Na primeira imagem, com quatro anos, eu era uma menina alegre, com feições delicadas, as mãos na cintura, posando para uma foto, as pernas finas e um sorriso ingênuo. No dia da súbita morte de meu pai, eu já era outra. Apática, medrosa, era incapaz de reagir quando necessário. Um caminho aberto para a doença que viria.

Hoje entendo, as imagens que se seguiram, na época, ainda eram apenas possibilidades. Intuição. O sonho tentou me avisar. Mas não tive consciência, ajuda profissional ou maturidade para entender e alterar o percurso.

A vida seguiu e a Teresa doente se transformou na enfermeira atenta e incansável. Um outro extremo. Uma mulher com a obsessão em ajudar e salvar, a despeito de qualquer sacrifício. Depois, a tempo, deixei nascer em mim a pintora. Uma buscadora, o início da possibilidade de liberdade.

O isolamento me impeliu a olhar para dentro. Me enxerguei, sem vitimismo. Esse foi o começo da cura. A aceitação, a conexão com a natureza exuberante ao meu redor e as conversas com a Marga me fizeram compreender: nesse caminho precisei me reinventar.

O repórter aguardava. A resposta veio espontânea, como uma intuição, uma graça:

– Sou, ao mesmo tempo, todas e nenhuma delas. Sou a vida por trás de todos os acontecimentos. Sou simplesmente este momento e, mesmo assim, sou eterna (risos). Na verdade, fui várias para ser eu mesma.

Nesse instante entendi grande parte da minha vida e me senti livre para decidir se permaneceria no leprosário ou me mudaria para a vila. Poucos dias depois, me ofereceram emprego de enfermeira no hospital em Viamão. Eu aceitei e aluguei uma casinha na beira da praia na vila de Itapuã.

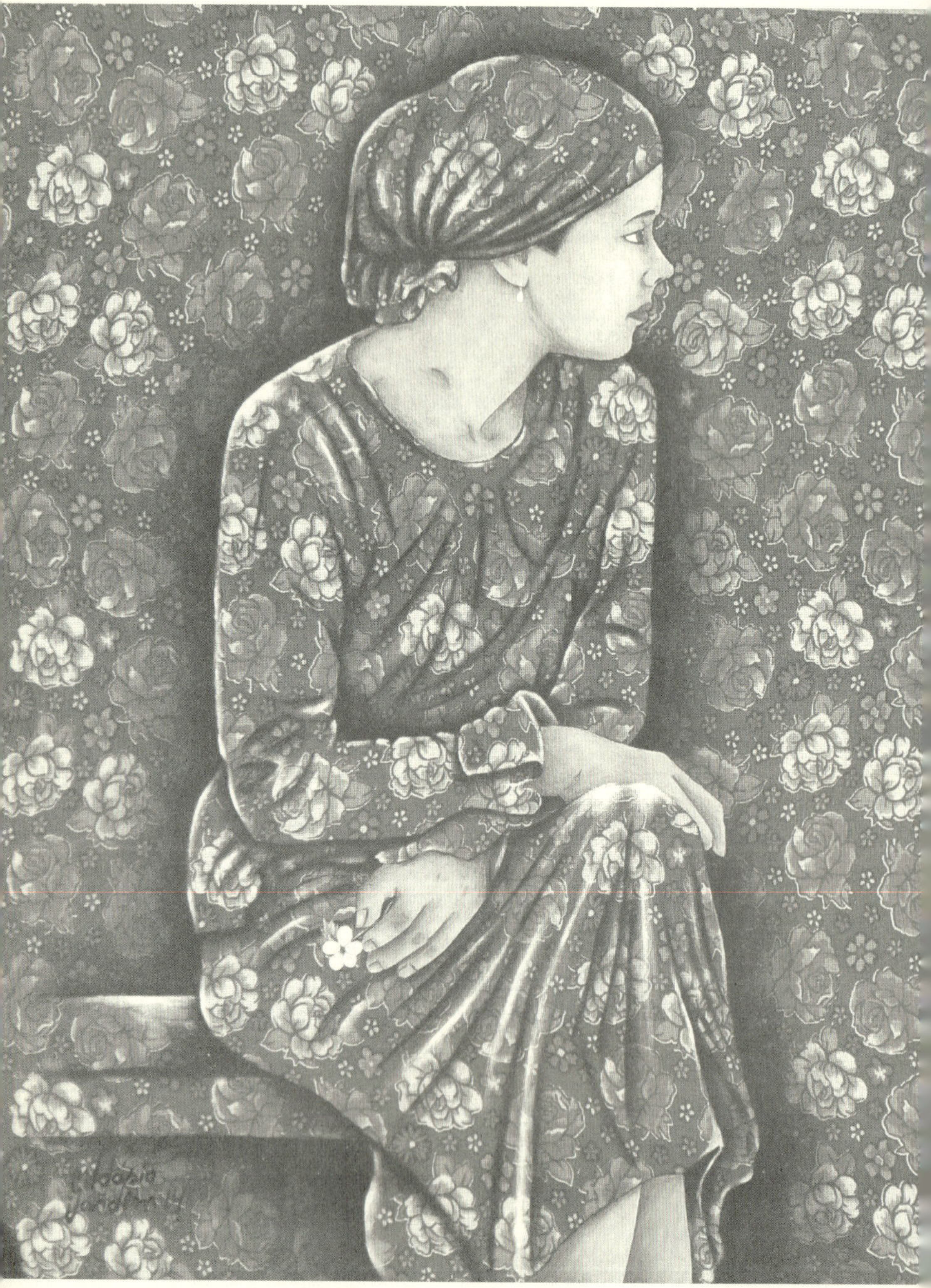

NOSSA CAPA

Gildásio Jardim é um artista que mora em Padre Paraíso, Minas Gerais, no Vale do Jequitinhonha. Seu trabalho é uma pintura em 3D feita em telas com tecidos (chita). Ele retrata lembranças de sua infância e imortaliza sua gente e seus hábitos cotidianos.

A AUTORA
Gabriela Coral

Nasceu em Porto Alegre (RS) em 26 de maio de 1972. Formada em Medicina em 1996 pela FFFCMPA (Fundação Faculdade Federal de Ciências Médicas de Porto Alegre). Especialista em Gastroenterologia e Hepatologia. Fez doutorado em São Paulo na USP. Foi presidente da SGG (Sociedade Gaúcha de Gastroenterologia). Atualmente leciona na graduação e pós-graduação da UFCSPA (Universidade Federal de Ciências da Saúde de Porto Alegre). Chefe do Serviço de Gastroenterologia e Hepatologia da Santa Casa de Misericórdia de Porto Alegre. Supervisora da Residência Médica de Gastroenterologia e Hepatologia da Santa Casa e UFCSPA.

Publicou contos na *Antologia de contos 2*, Oficina de criação literária de Sérgio Côrtes, Alquimia da Palavra, 1992.

Pratica yoga e meditação há 18 anos.

Teresas de Itapuã

Livro com 200 páginas, composto em Palatino, impresso sobre papel polén 70 gr/m², pela gráfica Copiart, em outubro de 2021.